KB046028

마을사람입니다만,

"I am a villager, what about it?"

문제라도?

ory by Arata Shiraishi, Illustration by Famy Siraso

시라소 파미 / 일러스트
|라이시 아라타 / 지음   이서연 / 옮김

프롤로그 ~지상 최약의 마을사람~

환생이라고 하면 치트지?

그런 식으로 생각했던 시기가 저에게도 있었습니다.

뻔한 전개로 트럭 사고에 휘말린 나는 환생하여 직업: 마을사람으로 다시 태어났다.

심지어 태어난 곳은 귀족도, 부자도 아니라 평범한 평민인데다 빈농이었다.

생활수준으로 말하자면, 흉작인 것도 아닌데 조금 먹고 사는데 모자람이 있는 느낌.

그곳에서 나는 가난하지만 쑥쑥 성장하여, 지극히 평범한 스테이터스와 스킬을 지닌 열다섯 살이 되었다.

다시 한 번 말하겠다.

환생이라고 하면 치트지?

마을사람으로 다시 태어났어도, 사실은 성장 치트가 있었다든가, 스킬 치트가 있었다든가…… 그런 법이지?

그런 식으로 나도 생각했지만…… 그런 일은 정말로 없었다.

정말로 평범한 마을사람이었다.

그 대신이라고나 할까, 나의 옆집에 생일이 사흘 차이 나는 진짜 치트 여자애가 태어났다.

코델리아=올스톤.

용모단정하고, 열다섯 살에 이미 일기당천직업── 용사.

그야말로 치트급의 치트라는 것이다.

우리 집 옆에 나와 같은 해에 태어나 나와 마찬가지로 자랐는데── 용사님의 스테이터스는 바로 일기당천.

혹은 만부부당.

마을사람인 나와는 완전히 차원이 다른 수준의 괴물이다.

열다섯 살의 소녀가 무딘 검을 가볍게 휘두르기만 해도, 버터처럼 커다란 바위가 잘려나가는 광경은 압권이었다. 응.

100미터를 달리면 아마 1초나 2초 만에 달릴 수 있으니, 거의 인간을 벗어난 수준이라고 생각한다.

네 살인가 다섯 살 무렵에 싸우기라도 하면, 역시 내가 남자니까 이기기도 했지만…….

그로부터 성장이 대단했다.

지금은 평소에 접할 때에도 나를 다치게 하지 않도록 힘 조절에 고심하는 모습을 보였다.

한 번 농담으로 툭 맞아서 어깨가 탈골되었는데…… 하지 않아도 될 간병을 사흘 밤낮으로 했다.

이야기를 바꾸어 현재, 나와 코델리아는 열다섯 살이다.

또한 내가 야영하고 있는 장소는 마나키스의 넓은 삼림이다.

그 숲에는 거짓말인지 진실인지 모르지만 용이 산다던가…….

그리고 현 시각은 오후 일곱 시 정도인가? 겨울이니 무척 춥고, 해가 지는 것도 빠르다.

모닥불로 온기를 취하고 있지만, 깊은 숲 속, 달빛도 닿지 않아 주위는 완전한 어둠에 감싸여 있다.

그때 늑대 울음소리가 멀리서 들려왔다.

나는 조금 겁을 내며 코델리아에게 이렇게 물었다.

"저기, 코델리아? 진짜 괜찮아? 여기 마물 같은 거 나오잖아?"

모닥불에 비쳐 불타는 듯한 허리까지 내려오는 빨간 머리.

한 치의 틈도 없이 잘 조형된 얼굴은 가련함과 늠름함을 함께 내며, 도무지 이 세상의 사람이라고는 보이지 않았다.

그런데 일기당천. 혹은 만부부당.

검을 들고 전장에 서면, 대부분의 무인이 칼 하나에 쓰러진다.

어디에 그런 힘이……라는 생각이 들게 하는 가는 몸에 푸른 경갑을 입은 소녀는 나의 질문에 고개를 갸웃하며 이렇게 대답했다.

"어? 드래곤 킬러라는 호칭을 지닌 내가 있는데…… 마물 때문에 위험할까봐 걱정하는 거야? 이 경우, 오히려 마물을 걱정하는 편이 나아. 이 주변의 마물은 약하니까…… 아, 하지만 너는 마물이 나올 법한 장소에 오는 게 처음이었나?"

"너와 달리 직업적성: 마을사람이니까. 기껏해야 마을 밖에 조금만 나가서, 유해동물 퇴치 함정을 설치하는 게 고작이니까."

"아, 한 번…… 기사단의 원정에 참가했다 돌아가는 길에 본 적 있어. 너, 마을 밖에 좀 나왔을 뿐인데 너무 겁먹은 거 아냐? 움찔움찔 주위를 살피면서."

"마을사람이니까 어쩔 수 없잖아…… 그보다 그런 나를 이런 곳에 데리고 와서…… 어, 으악?!"

거대한── 멧돼지였다.

나무 사이에서 이쪽을 향해 멧돼지가 뛰쳐나왔다.

체중은 아마 1톤 이상. 그리고 마물임을 나타내는 보라색 눈동자.

입에서 뚝뚝 흐르는 타액.

"류토! 움직이지 마!"

그 말만 하더니, 코델리아는 멧돼지를 향해 질풍처럼 달려 나갔다.

그리고 슬라이딩 태클을 거는 것처럼 코델리아는 질주하는 멧돼지의 배 밑으로 파고들었다.

지면을 미끄러지며, 배의 바로 밑에서 검을 휘둘렀다.

멧돼지의 내장이 대량으로 지면에 떨어짐과 동시에 배 밑을 빠져나간 코델리아가 일어나며 도약했다.

배가 갈라졌기에 옆으로 쓰러지는 멧돼지.

그 옆구리에 올라타, 목을 향해 다시 장검을 휘두른다.

목과 몸뚱이가 분단되고, 피가 튀어 코델리아의 볼에 붉은색 화장을 그렸다.

"하나 끝났네. 내일 아침밥은 멧돼지 전골로 할까."

하며 천진난만하게 웃는 코델리아.

이게 현실인가…… 하면서도, 묻어 있는 피가 생생하여 나는 표정을 굳혔다.

그리고 바로 자신의 실수를 깨닫고, 억지로 표정을 미소로 바꾸었다.

"아침부터 고기라니 너무 무겁지 않아? 그나저나…… 여러모로 진짜…… 장난 아니다 너…….'

코델리아는 나의 표정의 변화를 민감하게 알아챈 모양이다.

지면의 바위에 걸터앉으며 깊은 한숨을 내쉬었다.

"아까 네가 왜 이런 곳에 데리고 왔냐고…… 말했지?"

말하며 천을 꺼내 묻어 있던 피를 꼼꼼하게 닦기 시작했다.

"응, 그렇게 물었는데?"

"사실을 말하자면 말이지? 나…… 류토에게 알려주고 싶었어.'

하늘을 올려다보며 코델리아가 아련한 눈으로 말했다.

"알려주고 싶다니? 뭘?"

"마을에서는 보여줄 수 없는 나의 진짜 모습을…… 말이야. 열 살이 넘은 즈음부터, 기사단이며 모험가와 함께 이런 거친 일을…… 나는 계속 해왔어.'

"…………."

아까 피가 튀긴 모습을 본 반응은…… 역시 완전히 실수였다.

그런 생각을 하는 나의 심경을 아는지 모르는지, 코델리아가 말을 이었다.

"앞으로 나는 기사단에 정식으로 소속되어 1년간 훈련해야 해. 열여섯 살이 되면…… 왕립 마술학원에 특등생으로 들어갈 수 있어. 모든 것은 다가올 대재앙에 대비하게 위해서…… 신탁대로…… 나의 강화 프로그램대로."

"……그렇겠지."

"그러니 너에게는 진짜 나의 모습을 보여주고 싶었어…… 너에게만은…… 말이야."

"응? 모제스는 너의 진짜 모습을 언제나 보고 있지 않아?"

모제스.

코델리아와 마찬가지로 나의 소꿉친구로, 직업적성: 현자로 이 또한 치트인 녀석이다.

왜 이런 작은 마을에 같은 해에 태어난 녀석들 중, 이렇게 엄청난 수준의 직업적성을 지닌 사람이 두 명이나 있을까.

솔직히 용사라고 하면 나라 하나의 결전병기와 같은 존재이다.

현자도 국지적인 전술병기가 될 존재이고.

둘 다 국가 단위로도 몇 사람이 있을까 말까 하는 대단한 수준이라는 뜻으로…….

덕분에 나의 체면이 서지 않는다.

그것은 차치하고, 아까 나의 말을 들은 코델리아가 부들부들 잘게 어깨를 떨었다.

"모제스와는 커리큘럼 때문에 늘 같이 있지만, 나는…… 나는 너에게! 너에게만은 꼭 알려주고 싶다고 말했잖아!"

잠시 침묵.

정숙이 숲을 감싸고, 무어라 말할 수 없는 분위기가 일대를 지배했다.

"이제…… 쉽게 만나지 못하게 되잖아?"

"기사단 소속이라면…… 그렇게 되겠지."

"너는 아무 생각도 없어? 내가 이렇게까지 말하는데…… 나에게 할 말이 없어?"

"……미안해, 네가…… 무슨 말을 하는지 모르겠어."

그때 결심한 듯이 코델리아가 숨을 크게 들이켰다.

이어서 일어나더니, 바위에 앉아 있는 내 앞까지 걸어왔다.

그대로 쪼그려 앉아서, 푸른색 눈동자로——나의 눈을 똑바로 마주보았다.

"나 말이야…… 지금까지 계속…… 너를……."

그때 강에서 설거지를 하던 모제스의 목소리가 멀리서 들렸다.

"류토 군?! 이쪽으로 와주지 않겠어요? 이 추위에 설거지는…… 조금 힘들어서……."

코델리아가 노골적으로 혀를 차서, 나는 의아해하며 고개를 갸웃했다.

"잠깐 다녀올게. 코델리아는 불을 지키고 있어줘."

"…………."

"왜 그래? 뾰로통한 얼굴로?"

눈썹을 내려뜨리고, 볼에 홍조를 띤 그녀가 고개를 휙 돌렸다.

"……몰라! 얼른 저쪽으로 가버려, 이 바보야!"

그러고는 마음을 돌린 듯이 나에게 다시 말을 걸었다.

"……너는 마을사람이니까, 마물이 나오면 큰소리로 얼른 나를 불러! 뭐, 여긴 약한 마물밖에 없으니까 내가 근처에 있기만 해도 대부분의 마물은 무서워서 멀리 도망치겠지만."

"알고 있어…… 또 모제스가 있으니 괜찮겠지."

하며 코델리아에게 대강 손을 흔들며 나는 한숨 섞인 말투로 중얼거렸다.

"⋯⋯⋯'마을사람이니까'라니, 결국 코델리아마저도⋯⋯ 뭐, 나는⋯⋯ 마을사람이니까 어쩔 수 없나."

어깨까지 오는 보랏빛이 감도는 머리카락에 안경.

늘 혼자 책을 읽고 있는 가녀린 남자⋯⋯ 그가 또 다른 소꿉친구인 모제스이다.

말투도 열다섯 살 치고는 묘하게 정중하고, 대화할 때에는 항상 미소를 짓고 있다.

아무리 봐도 생명보험설계사와 같이 웃는 얼굴이라, 솔직히 나는 이 녀석이 거북했다.

"미안해요. 류토 군⋯⋯ 도움을 요청해서."

말대로 나는 모제스를 돕고 있었다.

지금은 강에서 아까 식사하며 쓴 식기와 속옷 빨래를 하고 있다.

"아니, 신경 쓰지 마. 원래 이런 일은 마을사람이 하는 일이고, 현자님의 일이 아니잖아."

"그러네요. 뭐, 우리의 공주님이 요리는 류토, 설거지는 저라고 정했으니 따라야겠지요."

"그 녀석은 명령만 하고 자기는 아무것도 안 하면서."

"맞아요."

그 말에 우리 두 사람은 서로의 얼굴을 마주하며 쓴웃음을 지었다.

"좋아, 이걸로 끝이네……."

그렇게 나는 마지막 그릇을 닦고 일어섰다.

"정말 미안해요, 류토 군……."

"괜찮아. 우리는…… 마을에 세 사람밖에 없는 같은 나이의…… 친구잖아?"

그때 갑자기 나의 시야가 어두워졌다.

기립성 저혈압이라고나 할까, 빈혈이라고나 할까, 그에 해당하는 강렬한 느낌이다.

곧바로 나는 그 자리에 무릎을 꿇었다.

"친구라고요? 누구와 누가 말입니까? 마을사람과 현자가 친구? 후훗, 이거 무슨 재미있는 농담을."

어질어질 머리가 돌고, 시야도 돌았다.

무슨 일인가 싶어 혼란에 빠진 나에게 모제스가 거만하게 말을 걸었다.

"——이제야 약이 듣기 시작한 모양이군요."

"약……? 그게 무슨…… 어째서……?"

혀가 꼬였다. 말이 제대로 나오지 않았다.

한기가 돌고, 등에서 식은땀이 쉴 새 없이 흐르는 것이 느껴졌다.

"어째서? 이런 간단한 일이 어디 있습니까? 저와 코델리아와 당신…… 모두 같은 해에 태어나 소꿉친구로 자랐지요. 하지만 그녀가 호의를 품고 있는 사람은…… 무슨 까닭인지 당신인 모양이더군요."

모제스가 가볍게 숨을 마시며 말을 이었다.

"저의 직업적성은 현자입니다. 몇 만 명인가, 혹은 수십 만 명 중 한 사람의 선택받은 재능을 지닌—— 그것이 저입니다."

그 사실은 알고 있다.

우리 세 사람은 같은 마을에서 태어났고, 또 두 사람이 치트 직업적성을 타고난 사실은 말이야.

그 점은 정말 싫을 정도로…… 비참할 정도로 알고 있다.

"그리고 저는 환생자입니다. 아, 환생자라고 해도 모르겠지요…… 뭐, 그건 됐어요. 아무튼 저는 그저 현자 특성을 지녔을 뿐인 인간이 아니라, 더욱 특별한 사람입니다."

……어? 뭐라고?

시야가 흐려지며, 의식이 아득해져갔다.

모제스의 말이 귀에 닿지 않았다. 혹은 귀에 닿았어도 그 말의 의미가 머릿속에서 형태를 만들지 못했다.

"놀랐습니다. 그처럼 신에게 축복받았다고밖에 생각할 수 없는, 천사와 같이 생긴 소녀가 이 세상에 존재할 줄이야…… 몇 년 뒤가…… 정말 기대되는군요."

큰소리를 내서 코델리아에게 도움을 요청하려고 했으나, 때는 이미 늦었다.

전혀 목소리가 나오지 않았다.

바닥을 기는 상태로, 사지의 근육이 완전히 풀려버렸다.

그 자리에 쓰러지지 않도록 균형을 잡는 것만이 최선이다.

"——그녀의 옆자리에 앉을 사람은 제가 가장 어울립니다. 처음 받은 어째서라는 질문에 대답하자면 이것이 답이겠지요."

모제스가 나의 등 뒤로 돌아가, 힘껏 등을 걷어찼다.

그대로 압력에 밀린 나는 강에 첨벙 떨어졌다.

급류에다가 약 때문에 일어나는 것도 마음대로 되지 않았다.

나는 간신히 자세를 바꾸어, 위를 향하는 자세만이라도 확보했다.

그리고 흐름에 몸을 맡기고, 나의 의식은 꿈속의 어둠에 녹아들었다.

마지막으로 모제스의 이 말만은 뇌리에 울렸다.

"——마을사람 주제에…… 용사와 대등하게 이야기를 하다니…… 분수를 아시죠."

얼마만큼 떠내려갔을까.

여전히 손발은 말을 듣지 않았다.

그저 누워서 흘러가는 와중에 눈앞에는 하늘 가득히 별이 펼쳐져 있었다.

밤……인가.

얼마나 시간이 경과했는지 모르지만, 그리 시간은 지나지 않은 모양이다.

하지만 체력은 확실히 빼앗기고 있다.

눈 아래, 손발의 감각이 전혀 없다. 그런데 신기하게도 추위와 아픔, 괴로움은 느껴지지 않았다.

그냥…… 졸리기만 했다.

오히려 이것이 가장 위험한 상태가 아닐까……하고 어쩐지 남의 일처럼 생각했다.

비몽사몽간에 자고 있는지 일어나 있는지 모를 상황 속── 나는 그 목소리를 들었다.

"──류토! 류토──! 어디야?! 대답을……대답을 해!"

어떤 경위로 코델리아가 나의 상황을 눈치챘는지는 모르겠다.

그 후, 모제스는 교묘하게 코델리아에게 상황을 설명했을 것이다.

또는 솔직히 내가 실종되었다고 직접적으로 전했을지도 모른다.

아니면 내가 마물에게 공격을 받은 것으로 되었을지도 모른다.

어느 쪽이던 모제스는 나와 코델리아가 마주치는 일은 절대 없도록 어떤 조치를 취했을 것이다.

그것은 과연 우연일까, 혹은 용사의 스킬이나 초인적인 오감 때문인지 모르겠다.

하지만 경위야 어떻든 코델리아는 강을 떠내려가던 나에게 정확히 도착했다.

강가의 자갈길.

빠르게 달려 이쪽으로 코델리아가 다가오는 모습이 보였다.

아무래도 살았나보다…………하다가, 나는 눈앞에 다가오는 것을 발견하고, 가볍게 고개를 좌우로 흔들었다.

"겨우…… 찾았다! 기다려, 류토! 내가 지금 당장……어……앗……?"

도무지 인생은 마음대로 되지 않는다.

강을 흘러가던 내 눈앞에는 나락으로 떨어질 거대한 폭포가 보였다.

그것은 이 근방에서 유명한 폭포로—— 낙차는 50미터가 넘었다.

인간을 뛰어넘은 영역에 도달한 코델리아라면 몰라도, 그저 마을사람인 내가 이 정도 낙차를 견뎌내기에는 너무 무모하다.

코델리아는 상황을 깨닫고, 한 치의 망설임도 없이 겨울 강으로 뛰어들려는 모양이다.

그러나 아무리 놀라운 신체능력을 지닌 그녀라도, 타이밍이 늦은 듯한 거리라——.

"——미안해. 코델리아…… 갈게."

정말 작은 소리였지만, 사라질 듯한 목소리였지만, 말을 쥐어 짜낼 수 있었다.

그리고 그 말이 제대로 전해졌다는 사실은 순간 일그러진 그녀의 표정이 충분히 말해주고 있었다.

미안해……의 의미는 두 가지다.

아마 나는 죽는다. 하나는 그 점에 대한…… 미안해.

그리고 또 하나는 그녀의 호의를 받아들일 수 없다는 것에 대해…… 미안하다는 의미다.

나에 대한 코델리아의 호의는 알고 있었다.

환생 전의 내 기억도 합친다면, 그녀는 너무나 어리다.

그러나 몇 년이 지나면…… 그녀는 타의 추종을 불허할 정도로 아름답게 자랄 것이다.

그야말로 예전 내가 아무리 노력해도 상대조차 되지 않을 법하게.

그런 생각을 하며, 주마등처럼 이 세상에 태어나고부터 코델리아와 나는 기억이 머릿속에 떠올랐다.

여섯 살까지는 늘 나의 등에 그 녀석이 붙어 있었다.

타고난 직업적성의 효과가 성장에 섞이기 시작한 일곱 살 무렵부터…… 나는 그 녀석의 등에 숨어 있게 되었다.

하지만 처지는 달라져도 관계는 달라지지 않아서, 우리는 계속 사이가 좋았다.

그리고 찾아온 것이 아까의 일이다.

그 녀석은 자연스럽게 나를 파트너로 인식하고, 선택해줄 것이다.

하지만…… 나는 생각이 달랐다.

──보호만 받을 뿐인 나로서는 모제스의 말대로…… 여러 의미에서 그녀의 옆에 대등하게 설 자격이 없다.

──아아…… 한심해…… 강하게…… 강해지고 싶다…… 정말…….

그때 멀리서 코델리아가 강에 뛰어드는 소리가 들렸다. 그리고 동시에──.

──나는 나락으로 떨어졌다.

어두컴컴한 동굴이었다.

천장에서 무수하게 뻗은 종유석—— 똑, 똑, 그 끝에서 물방울이 떨어졌다.

물방울의 차가움에 나는 눈을 뜨고 경악했다.

"여기는 숲 지하의 동굴…… 용의 거주지로 가는 길."

누운 자세인 나에게 말을 건 것은—— 그저 한없이 커다란 진홍색 드래곤이었다.

길이는 15미터는 될까, 그 압도적인 크기에 그냥 경악하지 않을 수 없었다.

"폭포에 떨어진 생물은 보통…… 숨이 끊어질 때까지 물속을 헤매다 결국 떠내려가는 것이 숙명. 과연 운이 좋은 것인지, 나쁜 것인지…… 잘도 이곳에 도달하는 물길로 이어져 왔구나."

아무래도 나는 바위에 부딪쳐 올라온 모양이다.

그러나…… 아직 약의 영향이 남아 있는지, 아니면 낙하한 충격 탓인지 몸이 움직이지 않았다.

유일하게 자유로운 입만 열어 나는 애원했다.

"…………부탁이 있어."

"……이것도 어떤 인연. 내가 할 수 있는 일이라면 가능한 한 들어주마."

묘하게 대화가 통하는 녀석이라고 생각하며 나는 말을 이었다.

"……나는…… 들은 적이 있어. 용의 거주지에 사는 인간은 강해진다고……."

"확실히 예전에 몇 명…… 그와 같은 자들이 있었지. 나와 우호

관계를 맺고, 나와 시간을 공유한 자들이. 그리고 그들은 바깥 세계로 나가서…… 뭐, 고명한 영웅이 된 모양이더군."

유명한 영웅담은 많다.

전승이나 이야기에 따라 세세한 부분은 다르지만, 대략 평범한 인간이 어떤 일로 용과 인연을 맺는다.

그리고 같이 지내며, 그 신비한 힘을 손에 넣어 인간 세계로 돌아와, 힘을 써서 영웅이 된다…… 그런 이야기.

"데려가줘…… 나는 강해……지고 싶어……."

"……안타깝지만 그 바람은 들어줄 수 없다."

"방금 바람을 들어준다며?"

그래, 하며 용이 고개를 끄덕였다.

"가능한 한 바람을 들어주겠다. 그 말에 거짓은 없어. 용족은 고결한 혈족…… 웬만한 일이 아닌 한 거짓말은 하지 않는다. 아니, 정확하게 말하자면, 용이라는 힘과 개체를 유지하기 위해서는 거짓말을 할 수 없지. 언령……이라고 말해도 모르겠지만."

"……들어줄 수 없는 이유는?"

"이유는 두 가지다. 먼저 첫 번째는 나이 제한이야. 용족의 거주지에 데려간다는 것은 즉 권속으로 받아들이겠다는 뜻. 인간족의 습관이나 상식이 몸에 배어서야 용의 거주지에서는 이질적이 되니까…… 일찍이 용족과 함께 했던 인간은 열두 살 미만의 버려진 아이거나 노예…… 젊은 용의 변덕으로 주워온 자들뿐이었다."

"……또 하나는?"

"……그대는 이미 죽었어. 아무래도 죽은 자를 데리고 갈 수는 없지."

용의 시선 끝이 나의 배로 향했다.

그리고 용은 나의 머리에 손톱을 대고, 살짝 위로 고개를 들게 해주었다.

──아아, 이거 틀렸구나.

내장이 튀어나왔고, 피도 엄청난 기세로 뿜어져 나오고 있었다.

심지어 치명적이게도 고통은 크게 느껴지지 않으니 문제였다.

저체온증과…… 그리고 무언가 여러 가지로, 신경계통이 완전히 고장 나고 만 모양이다.

즉, 이제 완전히 끝났다는 말이다.

그때 깨달았다.

그렇기에 용은 나에게 묘하게 친절했다. 그것은 아마 죽어가는 자를 보내준다…… 그런 의미일 것이다.

남겨진 시간은 짧다. 그렇다면 간단히 용과의 교섭을 끝내야 한다.

"그럼 내가…… 그 조건을 만족한다면?"

"그렇다면 가능한 한 바람을 들어준다는 말에 거짓은 없다. 다만 너는 곧 죽고, 나이는 되돌릴 수 없다. 그것은 결코 일어나지 않을 일이야."

나는 대담하게 웃으며 용에게 물었다.

"언질을…… 받았는데?"

"언질을 받았다?"

"……내가 바라는 것은…… 용의 가호와 그리고…… 용왕의 대도서관."

그러자 용의 목소리에 의심하는 기색이 드리워졌다.

"그대…… 어떻게 그것을 알고 있지? 아니…… 빈사인 그대에게 묻는 것보다도…… 내가 직접, 마음과 기억을 읽는 편이 빠른가……."

용이 눈을 감았다.

그리고 금세 둑이 터진 것처럼 웃기 시작했다.

"과연. 너는…… 환생자인가…… 그리고………… 후후. 후하하하하하핫! 과연. 그렇군…… 재미있는 생각을 하는 모양이야…… 또한── 그대가 나와 만나는 것은 처음이 아니군. 그대는…… 그날 그때 그 장소에…… 있었나. 신탁의 용사 마을이 공격받았을 때…… 내가 마음이 내켜 인간의 아이들을 도운 그 장소에."

정말 즐겁다는 듯 눈을 가늘게 뜨고 용은 웃고 있었다.

슬슬 목소리를 내는 것도 힘들어졌다.

몸이 그저 나른하다.

"……그때 너는………… 당시 열두 살인 나를 고블린에게서 구해 어머니에게 돌려줬어. 그때 너는 나의 마음을 읽고…… 이렇게 말했어. '꽤나 기구한 운명을 타고 났다'……고."

"후후, 그대의 생각대로 앞으로 일이 진행되면…… 그렇다면 '그때'의 말은 이렇게 달라지겠지."

이제…… 한계다.

시야가 흐릿해졌다.

그때 용의 즐거운 목소리가 들렸다.

"'성가신 언질을 받고 말았다…… 이래서는 용의 거주지에 데리고 돌아가지 않을 수 없지 않나'……라고."

"…………그 말……………… 내 바람대로라고…… 받아들일 거라고? 하지만…… 지금부터…… 뒤는…… 도박……이지만…………."

그리고 용이 커다란 입을 열었다.

성인 남성의 한쪽 팔 정도 되는, 거대한 이빨이 쭉 늘어선 흉악한 입속이 보였다.

"──그렇다면 죽어라…… 류토=맥클레인."

용은 나를 거머쥐고, 입속으로 집어 삼켰다.

으득 하며 용이 나의 두개골을 깨부수는 소리가 들렸다.

그렇게── 나…… 류토=맥클레인은 두 번째 생애를 마감했다.

"……아무래도 도박에는 이긴 모양인데."

정신이 드니 나는 한 면이 흰색으로 덮인 수수께끼의 공간에 서 있었다.

또한 눈앞에는 금발의 여신.

그렇다. 이 장소는 내가 일본에서의 생애를 마감했을 때 처음으로 여신과 조우한 장소이다.

그리고 지금, 이 순간은 내가 일본에서 트럭에 치인 시간부터

5분도 경과하지 않은…… 그런 시계열일 터였다.

지금 현재 이 상황을 단적으로 말하자면, 이렇게 설명하는 것이 가장 빠를 것이다.

──스킬: 사망 시 귀환

이것이야말로 환생 전에 신이 나에게 부여한…… 아니, 내가 선택한 스킬이다.

가장 무서웠던 것은 이 스킬이 정말 발동할지 여부였다.

뭐, 결과적으로는 일단 도박의 첫 단계는 성공했지만.

"여러 가지가…… 있었던 모양이네요."

여신이 방긋거리며 활짝 미소를 지었다.

"그래, 여러 가지가 있었지. 그런데…… 다시 한 번, 사망 시 귀환을 선택할 수 있어?"

"유감이지만 불가능합니다. 이런 대단한 스킬을 몇 번이고 줄 수는 없으니까요…… 선택한다면 다른 스킬을 두 가지 고르세요."

"그건 아쉽네. 그리고…… 예상대로야."

여기서 도박의 두 번째 단계의 성공도 확실해졌다.

내 마음을 읽었는지, 싱긋 웃으며 여신이 말했다.

"그 항목의 진짜 의미…… 튜토리얼 기능을 눈치채는 사람은 많습니다."

"하지만 정말 선택한 녀석은 적지?"

"먼저 진짜 죽으면 되돌아올 수 있는지 보통은 의문을 품습니다. 죽음을 전제로 한 스킬이라니…… 의미를 알 수 없으니까요."

"사실 나도 여기에 돌아올 수 있을지 어떨지 반신반의였으니까."

"게다가 사전에 한 설명으로는 스킬은 한 번밖에 고르지 못하고, 두 개까지 선택 가능하다…… 이상의 말은 하지 않았으니까요. 죽고 돌아온 경우, 스킬을 다시 한 번 두 가지 고를 수 있다는 보장이 전혀 없잖아요."

어쩔 수 없다는 듯 여신이 어깨를 으쓱하며, 기가 막히는지 이렇게 말했다.

"사망 시 귀환은 튜토리얼 체험과 교환하여, 스킬창 두 개 중 하나를 잃을 가능성이 있거든요. 당신 정도예요. 사망 시 귀환을 망설이지 않고 선택하는 사람은……."

"그야 마을사람으로 환생하니까, 이쪽도 도박에 나설 수밖에 없잖아."

그러자 역시 여신은 기쁜 듯 작게 웃었다.

"그런 사람이…… 저는 싫지 않거든요?"

"응, 뭐 고마워."

무엇이 재미있는지 여신이 또 한 차례 킥킥 웃었다.

"그럼 당신은 어떤 스킬을 원하십니까?"

"결국 내 직업적성은 마을사람인 채야?"

"네, 그렇게 됩니다. 태어나는 장소도 주위 환경도…… 그것은 지난 튜토리얼이 반복됩니다."

"스킬…… 불굴로 부탁할게. 근본이 마을사람이니까…… 평범한 일본인의 멘탈인 나의 정신으로 버틸 수 있는 수준의…… 어

중간한 일로는 강해질 수 없어."

"또 하나는 어떻게 할까요? 지난번과 마찬가지로, 전 세계의
일반적인 도서관에 놓인 책을 머릿속으로 읽을 수 있는 스킬……
예지로 할까요?"

"아니, 다음 인생에서 실행할 가장 효율이 좋은 계획은 열 살
정도까지는 완성되었으니까…… 그 뒤는 용의 마을에 있다는 용
왕의 대도서관에서 계획을 짤 생각이야."

"그럼 무엇을?"

글쎄…… 나는 잠시 생각하다 쓴웃음을 지었다.

"가드닝은…… 선택 가능한 스킬인가?"

의아한 표정으로 여신이 대답했다.

"농작물 재배 스킬로 대신할 수 있습니다만…… 그런데 제정신
인가요?"

"농작물 재배인가…… 이만큼 마을사람 같은 스킬도 없겠
지…… 이거 좋은데…… 하핫……하하핫!"

스스로 말하면서도 웃음이 터졌다.

"하핫! 하하핫……! 하하하하하하!"

웃음이 멈추지 않았다. 아니, 정말 마을사람 같아서, 너무나 유
쾌하다.

그런 나에게 여신이 궁금한지 질문을 해왔다.

"정말로 왜…… 가드닝을? 결국…… 스킬창이 하나 소멸하는
것과 같지 않나요……."

응, 하고 고개를 끄덕이며 나는 말했다.

"그 녀석이…… 꽃을 좋아하거든. 살벌한 일상이니까…… 적어도 그곳에 꽃과 웃음이 끊이지 않도록 하고 싶어."

잠시 생각하던 여신도 고개를 끄덕이더니, 부드럽게 미소를 지었다.

"그렇군요…… 저도 싫지 않다고요? 그런 사람."

"그래, 그건 정말 고맙네."

여신 역시 피식 웃고는 기쁜 얼굴로 말했다.

"알겠습니다. 그럼…… 스킬: 불굴과 스킬: 농작물 재배를 전하겠습니다."

모든 것이 흰색으로 감싸였다.

한 면을 채우는 빛의 격류 속에서, 여신의 즐거워하는 목소리가 들렸다.

"그럼 힘들겠지만 열심히 해주세요…… 그리고 부디 좋은 여행을——."

이대로 잠시 기다리자 나는 저 허름한 집에 사는 어머니에게서 태어났다.

그렇다. 힘도 돈도 없는 마을사람으로.

——나의 이름은 이지마 류토.

용의 마을에 받아들여지고, 자라기에 이만큼 어울리는 이름을 가진 사람은 없다.

또한 평범한 인간은 유년기부터 할 수 없는 일, 하지 않을 일을…… 이미 예습한 나는 할 수 있다.

다소 무모한 일도 스킬: 불굴로 어떻게든 될 것이다.

"첫 번째는 치트가 없었지만…… 역시 환생이라면 치트잖아?"

빛 속에서 나의 의식이 다시── 흐물흐물 녹아내렸다.
"자…… 신나는 일은 지금부터다."
그 말 직후, 나는 세 번째 생을 부여받았다.

마을사람입니다만, 문제라도?

"I am a villager, what about it?"

Story by Arata Shiraishi, Illustration by Famy Siraso

시라이시 아라타 / 지음   시라소 파미 / 일러스트
이서연 / 옮김

"I am a villager, what about it?"
Story by Arata Shiraishi, Illustration by Famy Siraso

C o n t e n t s

프롤로그 ~지상 최약의 마을사람~ · · · · · · · · · · · 5

지식 치트로 쑥쑥 강해진다! · · · · · · · · · · · 33

용의 마을에서 쑥쑥 강해진다! · · · · · · · · · ·121

미궁 공략으로 쑥쑥 강해진다! · · · · · · · · · · 147

막간 ~어떤 지룡의 이야기~ · · · · · · · · · · · 228

드디어 엄청나게 강해졌습니다! ~사룡 토벌~ · · · · · · · · 245

에필로그 ~지상 최강의 마을사람~ · · · · · · · · · · 298

후기 · 306

지식 치트로 쑥쑥 강해진다!

"I am a villager, what about it?"
Story by Arata Shiraishi, Illustration by Famy Siraso

좋아, 하며 나는 속으로 싱글벙글했다.

지난번과 같은 장소, 같은 상황에서 나의 세 번째 인생이 시작되었기 때문이다.

"류토──!!"

그렇게 말하며 허름한 집에서 나를 크게 안아든 사람은 금발벽안의 여성이었다.

먼저 생각한 점은 젊구나……하는 것.

뭐, 그야 그렇다.

단순히 계산하면, 바로 얼마 전까지 보던 어머니에게서 열다섯 살이 어려진 것이니까.

따라서 찬찬히 어머니를 바라보며 생각했다.

20대 후반으로 풍만한 가슴을 지닌── 빼어난 미인이다.

귀족의 눈에 띄지 않아 억지로 첩으로 삼아지는 일 없이, 잘도 평범하게 연애결혼을 해냈다는 생각이 들었다.

"두 살 생일 축하해!"

오늘 나는 두 살이 되었다.

허름한 통나무집에는 한껏 차린 요리가 늘어서 있었다.

그렇다고 해도…… 늘 먹던 검은 빵에 베이컨 수프가 추가되었을 뿐이지만.

아무튼 가난한 살림에도 최선을 다한 느낌을 내는 상황에서 축하를 받고 있다는 뜻이다.

이웃사람들도 불렀고── 그곳에는 당연히 이웃인 코델리아가족의 모습도 있었다.

이쪽 역시 대단한 미인이었다.

안겨 있는 코델리아 또한 "정말 인간인가" 싶을 정도로 예쁜 얼굴이므로, 그 어머니가 미인인 점은 당연하다고 말하면 당연하지만……

뭐, 그 점은 차치하고, 어머니에게 안겨 있는 나는 테이블 위의 검은 빵으로 손을 뻗으려고 했다.

"요 녀석, 류토? 류토에게 고형물은 아직 이르지 않을까?"

그렇게 말하며 어머니는 나를 안고 방구석으로 이동하였다.

우리 집은 빈농이다.

집은 당연히 좁고, 방도 하나밖에 없다.

어머니가 향한 곳은 커튼으로 나눈 공간이었다.

……방 하나를 억지로 둘로 나누었다고 하면 알기 쉬울까.

뭐, 한마디로 다목적으로 쓰이는 곳이지만, 이번에는 수유실 대신 쓰이게 되었다.

어머니가 유방을 꺼냈다.

"자, 류토. 쮸쮸 먹자."

"어머나, 맥클레인 씨? 아직 젖을 먹이고 있나요?"

커튼 너머에서 코델리아의 어머니의 놀란 목소리가 들렸다.

그런 의문도 당연한데, 우리 어머니는 두 살짜리 아이에게 젖을 먹이고 있기 때문이다.

물론 그것은 비상식적인 일로, 보통 아기는 한 살이 되면 젖을 뗀다…… 지난 생에는 솔직히 당황했다.

아니, 애초에 더 큰 문제가 있었다.

낯선 미인 여성의 가슴을 갑자기 빨아야 하는 상황에 익숙해져야 하는 일부터 시작해야 했으니까.

"네, 젖을 물리고 있는데, 문제라도? 무언가…… 이상한가요?"

"…………아니, 이상하다고 하면 이상하고, 이상하지 않다고 하면 이상하지 않지만……."

아주머니가 우물쭈물 말을 얼버무리던 그때, 코델리아의 아버지가 안고 있던 아기의 울음소리가 들리기 시작했다.

그것은 코델리아의 남동생으로, 생후 몇 개월 된 아기다.

"어머나. 우리 애도 배가 고픈가 봐요."

그렇게 말하며 아주머니도 커튼 안쪽으로 들어왔다.

그러며 아주머니도 우리 어머니처럼 유방을 드러내 아들에게 수유하기 시작했다.

내가 어머니의 젖을 빨며 아주머니를 보자, 아주머니는 농담처럼 웃으며 말했다.

"응? 류토는 내 젖도 먹고 싶은가?"

웃으며 그렇게 말하는 아주머니에게 우리 어머니가 즉시 끼어들었다.

"먹고 싶지 않습니다."

박력 있는 목소리로——전부 부정했다.

"……네?"

잠시 정적이 흘렀다.

그리고 나는 역시 어머니의 젖을 빨며 아주머니의 모습을 살폈다.

다시 아주머니가 싱긋 웃으며 농담처럼 말했다.

"역시 류토는 나의 젖도 "원하지 않습니다"."

아주머니가 말을 마치기 전에 어머니가 "원하지 않습니다"라고 끼어들며 단언했다.

"……네?"

"류토는 제 젖만 있으면 되거든요."

"……네?"

"류토는…… 저의…… 제 젖만 있으면 그것으로 괜찮다고요."

"………………네?"

"류토는 엄마를 너무 좋아해서요. 엄마바라기라고요! 뭣하면 시험해 보겠어요?"

"시험한다니요……?"

"저희 애는 저 말고 안기는 걸 싫어하거든요. 안아보실래요? 다른 사람에게 안기면 얘는 바로 울기 시작하니까. 그야 류토는 엄마가 너무 좋아서 울지 않을 리가 없거든요!"

"…………네?"

꽤나 질린 모습의 아주머니에게 우리 어머니가 나를 내밀었다.

그러자 아주머니는 반사적으로 두 팔을 벌려 나를 안았다.

"금세 울 테니까요."

자신만만하게 말한 어머니였으나, 나는 울지 않았다.

지구에서의 기억이 부활하기 전에 나는 정말로 엄마를 좋아하며 낯가리는 아이였겠지만……

"……안 우는데요?"

아주머니가 그 말을 함과 동시에 우리 어머니의 얼굴이 창백해졌다.

"왜…… 어떻게 된 일이지?! 류토! 류토?! 이런 여자보다도 엄마가…… 류토는 엄마가 좋지? 류토는 엄마에게 안기고 싶지? 그렇다면…… 어째서?! 왜 울지 않아?! 울부짖으며 엄마에게 도와달라고 안 하니?!"

"이런 여자……?"

놀란 표정을 짓는 아주머니.

그녀는 지난번과 마찬가지로, 이런 모습을 보며 우리 어머니가 이상함을 깨달을 터였다.

그래도 뭐, 결국 이러니저러니 해도 사이좋게 이웃사촌으로 지냈으니 코델리아 가족도 대단하다.

──슬슬 눈치챘겠지만, 우리 어머니는 병적일 수준으로 아들을 사랑한다.

그대로 어머니는 나를 안고 현관으로 달려가기 시작했다.

"잠깐, 여보?! 어디 가는데?!"

불러 세우는 아버지를 무시하고 어머니는 번개처럼 달려갔다.

"류토를…… 류토를 의사선생님에게……!"

그렇게 마을에 유일한 약사의 집을 향해서 엄청난 기세로 곧장 나아갔다.

──뭐……그런 식으로 여전한 어머니의 모습에 나는 안심했다.

시간이 흘러 심야.

현재 시각은 모르지만, 아마…… 새벽 두 시나 그 즈음일 것이다.

어린이용 침대에 누워있던 나는 주위를 살폈다. 좋아, 어머니와 아버지는 자고 있다.

개인 방이 있다면 좀 더 대담하게 행동에 나서겠지만…… 나는 누운 채 천장을 향해 손바닥을 내밀었다.

그리고 의식을 집중했다.

──해냈다.

지금 내가 무엇을 했는가 하면…… 마법을 썼다.

이것은 소위 생활마법이라 부르는 것으로, 개념을 이해하고 요령만 알면 아기라도 쓸 수 있는 마법이다.

뭐, 평범한 아기에게 마법의 개념을 이해하는 일은 어렵다고나 할까, 태어나면서부터 높은 수준의 마력제어 스킬을 지니고 있는 것처럼 감각으로 모든 것을 해내는 천재가 아닌 이상 불가능하겠지만.

그 부분은 그냥, 나는 머리는 어른이고 몸은 어린이 같은…… 명탐정 같은 것이니 가능하다는 뜻이다.

아무튼 마법을 쓴 결과, 실내에 살며시 바람이 불었다.

아기가 일으키는 바람이므로 창틈으로 들어오는 바람만도 못하다.

따라서 부모님이 잠든 지금이라면, 마법을 들켜서 성가신 상황이 될 일은 없다.

일부러 한밤중에 생활마법을 써서 실내에 미풍을 일으킨다.

그 행동에 어떤 의미가 있는가 하면…… 바람을 일으키는 것 자체에는 의미가 없다.

바람을 선택한 이유는 가장 눈에 띄지 않기 때문이다.

딱히 성냥불 수준의 불을 붙여도 되었고, 한 숟가락 정도의 물을 만들어내도 상관없었다.

나의 목적은──즉, 마법을 써서 나의 매직 포인트(MP)를 소비하는 것이다.

다시 나는 천장을 향해 손바닥을 내밀었다. 그러자 다시 실내에 살랑살랑 바람이 불었다.

한 번, 두 번, 세 번, 네 번……째는 불발.

아무래도 마력이 끝…… 고갈된 모양이다.

내가 왜 MP가 떨어질 때까지 그런 일을 반복하는가 하면…… 이유는 정해져 있다.

강해지기 위해서다.

──어디, 슬슬 본론으로 들어갈까. 마을사람이 강해지기 위해서 어떻게 하면 좋을까…… 그 첫 단계를.

그 전에 먼저, 예지라는 스킬을 설명해야 할 것이다.

ㅁ스킬: 예지

이 세상에는 책에 S~E랭크가 매겨져 있다.

이 스킬은 B랭크 이하의 모든 책을 머릿속에서 검색 및 열람할 수 있고, 지금은 갖고 있지 않지만 두 번째 인생에서 내가 갖고 있던 치트 스킬이다.

랭크를 나누는 기준은 대략 두 가지.

순수하게 정보 그 자체의 가치가 높은 경우도 있고, 그 정보가 위험한 경우도 있다.

가치가 높은 경우는 그럭저럭 상상이 되리라 생각하지만, 정보의 위험성에 대해서는 보충 설명이 필요할 것이다.

스파이 영화 등에서 종종 보듯이, 모르지 않아도 되는 일을 알면 제거된다든가…… 그런 의미에서 위험한 것이 아니라, 이 경우에는 아는 것 자체가 정말로 위험한 것이다.

예를 들어 마술서에 마법이 걸려 있어서, 읽은 사람의 정신이 오염된다든가, 그런 의미에서 말이다.

그런데 스킬: 예지는 B랭크 책까지는 머릿속에서 열람할 수 있고, 또한 위험성도 완전히 제거된다.

지난번 튜토리얼에서는 어릴 때는 일단 머릿속으로 책을 마구 읽으며 여러 지식을 습득하는데 힘썼다.

——그리고 이번에 내가 활용한 지식의 출처가 된 책은…… 도덕적인 의미로 금서가 된 부류의 책으로 랭크는 B이다.

쓰여 있는 내용도 과격하고, 이 책이 쓰인 배경도 다소 무겁다. 뭐, 웬만한 마술학원의 도서관 깊은 곳…… 특별한 허가 없이 열람 가능한 책이 아니라는 말이다.

일단 그 책의 배경에 대해 설명하겠다.

단도직입적으로 말하면, 어떤 마술사 단체가 행했던 인체실험을 극명하게 기록한 책이다.

또 그 마술사 단체란 컬트 종교의 색채가 강한 곳으로, 그야말로 대단한 무리였던 모양이다.

책의 내용을 말하자면…… 고상한 PTA회장 어머니라면, 읽기 시작한지 몇 줄 만에 얼굴을 찌푸릴 대단한 내용으로 이루어져 있다.

뭐, 머리가 이상한 마술사들이 인체실험을 아무 제약도 없이 마구 벌이는 것이니…… 도덕적인 의미는 차치하고, 당연한 일이지만 학술적인 가치는 높다.

애초에 왜 그 마술사 단체가 인체실험을 했는가 하면…… 아무래도 그 마술사 단체는 진지하게 세계정복을 연구했던 모양이다.

따라서 최강의 병사를 육성하기 위해 인체개조 실험을 여러모로 시험한 결과가 그 책이라는 뜻이다.

그건 그렇고, 책에 기재된 방법론은 인간과 마물의 융합실험이나, 부작용이 있는 도핑만 있어서 진절머리가 났다.

강해진다고 해도, 그쪽으로 강해지면 별로 의미가 없으니까.

일시적인 도핑은…… 뭐, 앞으로 훨씬 효율적이고 정당한 다른 방법을 쓸 예정이니까, 이 책에 쓰인 내장이 엉망진창이 될 법한 수단은 넘어가겠다.

그런 식으로 대충 건너뛰며 읽어도 될 종류의 기록만 있었으나…… 어떤 항목이 나의 눈에 들어왔다.

ㅁ유년기의 MP(마력)확장에 대하여

이 항목을 제대로 설명하려면 영혼의 개념과 우주 의지에 걸린

원초생명에너지…… 등, 설명해야 할 것이 많다.

전부 설명하려면 엄청나게 길어지므로, 상당 부분을 생략하여 설명하고자 한다.

단도직입적으로 말하면, 아기의 재능은 대단하다.

그것은 터무니없을 정도이다.

이상이다.

…………라고 여기서 끝내면 폭동이 일어날 것 같으니 조금 자세히 설명한다.

현대 일본에서도 아이는 영감이 강하다던가, 어린이는 어른이 보지 못하는 것을 본다던가, 그런 이야기가 많으므로 이미지를 떠올리기 쉬우리라 생각한다.

또한 무언가를 가르쳤을 때 아이의 흡수율은 정말 엄청나다.

그리고 이곳은 이세계로, 마력이라는 개념이 진짜 존재하는 세계이다.

이때 마력을 고갈될 때까지 쓰면 어떻게 될까…… 원주민처럼 어눌하게 말하겠다.

——아기, 마력, 확장, 완전 짱이야.

즉, 그런 것이다.

또한 이것은 나에게 절대적인 이점이 있다.

그야 보통 아기는 마력의 사용법을 모르니까.

뭐, 스킬에 의해 날 때부터 천재인 경우에는 감각으로 마법을 쓸 수 있겠지만…… 이 경우도 MP가 고갈될 때까지 마법을 사용하지는 않는다.

왜냐하면 MP가 0이 될 때까지 마법을 쓰는 것은 상당히 위험한 일이기 때문이다.

지구에서도 영양이 부족한 상태에서 과격한 운동을 하면 영양 부족으로 쇼크가 일어나 몸이 일시적으로 전혀 움직이지 않게 된다.

그와 비슷한 수준으로 위험한 상태가 MP 제로라고 하는 상태이다.

인간의 구조란 잘 짜여 있어서, 어른이라도 평소 쓰지 않는 근육을 쓰면 근육통이 일어난다.

따라서 마력 고갈 상태의 경우에는 근육통과 비교도 되지 않을 정도의 두통이 일어나게 된다.

실제로 지금 나는 엄청난 두통에 시달리고 있다.

몇 십 초에 한 대씩, 금속 배트로 풀 스윙하여 머리를 때리는 듯하다……고 표현하면, 어느 정도의 고통일지 알 수 있으리라 생각한다.

스킬: 불굴이 발동하고 있으므로 간신히 버틸 수 있지만, 그럼에도 무척 버겁다.

따라서 튜토리얼에서는 이 방법을 알고 있어도 쓰지 못했다.

아니, 정확하게 말하면 몇 번인가 시도는 했으나, 스킬 없이는 도무지 참을 만한 것이 아니었다.

설령 강해진다 하더라도, 어느 세계에 스스로 나서서 매일 할복을 하는 변태가 있겠는가.

뭐, 그런 수준이므로 이것은 꽤나 무모한 특훈 방법이다.

하지만 나는 크게 미소를 지었다.

그렇기에 이 방법을 사용할 수 있는 사람은 아무리 세계가 넓더라도 나 한 사람뿐일 것이다.

어른의 기억을 지닌 나조차 참을 수 없는 고통을 어린 아이가 묵묵히 참고 수행을 할 수 있을 리도 없다.

그건 말도 안 된다.

두통에 억눌려 흐릿해진 시야 속…… 역시 내 얼굴에 미소는 떠나지 않았다.

머리를 차지한 아픔, 그것은 끝없는 마력 확장을 뜻한다.

──분명 나는 마을사람이다.

하지만 MP의 유년기 확장률에 한해서는 보통 사람의 수백 배의 영역에 도달해 있다.

용사도, 현자도, 성자도, 마왕도── 지금 나의 MP 성장률에는 누구도 비하지 못한다.

특출 나게 뛰어나다.

나는 틀림없이 금세 세계 최강의 마력을 지닌 두 살 아기가 될 터였다.

그러나…… 이런 생각도 들었다.

용사, 현자, 검성, 괴도, 성기사.

이 세계의 순리에 따라 정해진 대로, 그들은 빠르게 차이를 좁혀오게 된다.

여기에는 역시 태어날 때부터 결정된 절망적인 차이가 있다.

평범한 사람은 아무리 노력해도 금방 천재에게 뒤쳐지게 된다.

그것은 재능 한계라는 말로 일축되거나, 혹은 말 그대로 불합리라는 말로 끝나는 일도 많다.

아무리 노력해도 결코 닿지 못하는 곳이 있다.

그 점은 나도 이해한다.

하지만…… 나는 반대로 생각했다.

──그렇다면 뒤처지기 전에 나는 더욱 올라가겠다. 마을사람으로는 결코 닿지 못할 곳이라면…… 평범하지 않은 방법으로…… 반드시 올라서 보이겠다……고.

그렇게 2년이라는 시간이 흘렀다.

네 살이 되는 생일.

나는 마을 신관에게서 스테이터스 표를 받았다.

일본에 살던 시절, 자주 읽던 인터넷 소설의 이세계 환생물 등에서는 길드에서 스테이터스 표를 받기도 했는데…… 이 세계에서는 네 살이 되는 생일에 전원이 교회에서 받는 구조인가보다.

그 스테이터스 표의 숫자는 본인에게만 보인다.

하지만 뭐, 당연한 수순으로 부모님에게는 수치를 보고해야 한다. 따라서 나는 부모님에게 거짓말을 했다.

그야 그렇겠지.

이것을 알게 되면, 아무래도 좀…… 기겁할 것이다.

그렇다…… 이것이 세상에 알려지면 엄청난 일이 벌어질 수준이다.

왜냐하면 나의 스테이터스는 다음과 같기 때문이다.

종족: 휴먼

직업: 마을사람

나이: 4세

레벨: 1

HP: 3/3

MP: 6852/6852

공격력: 1

방어력: 1

마력: 1250

회피: 1

강화 스킬

[??????: 레벨4]

방어 스킬

[위강(胃强): 레벨2] [정신 내성: 레벨2] [불굴: 레벨10(MAX)]

통상 스킬

[농작물 재배: 레벨15(한계돌파: 여신으로부터의 선물)]

마법 스킬

[마력조작: 레벨10(MAX)] [생활마법: 레벨10(MAX)]

[초보 공격마법: 레벨1(성장한계)] [초보 회복마법: 레벨1(성장한계)]

응.

당초 예상보다도…… 나는 너무 성장한 모양이다.

"다녀오겠습니다."

그 말과 함께 나는 집을 나섰다.

우리 집은 완전 시골이다. 일단, 집 바로 뒤는 산이다.

그리고 산 이외에는 밭으로 둘러싸여 있어서, 이웃인 코델리아의 집까지 5백 미터나 떨어져 있다.

아무튼…… 나는 네 살이 되어 혼자서도 어느 정도 걸어다닐 수 있게 되었다.

우리 집은 가난하다. 그야 그렇다. 그냥 마을사람이니까.

그런 이유로 나는 혼자 놀면서, 뒷산에서 산나물이라도 찾기로 했다.

산놀이의 천재라고 하면 이 근방에서는 나를 가리킨다.

왜 그렇게 불리는가 하면, 먹을 수 있는 산나물은 당연하고, 비싼 값에 팔리는 약초도 높은 확률로 가져오기 때문이다.

그렇기에 부모님은 이른 아침부터 저녁까지 뒷산을 배회하는 나를 다소 방임주의로 내버려두고 있다.

──뭐, 사실은 산나물 채취며 약초 채취 같은, 그런 시시한 일을 하고 있을 여유는 없으므로 안하고 있지만.

산나물, 약초, 가끔 토끼 같은 사체.

가끔 가져가는 것들은 모두…… 도시에서 사온 것이다.

이걸로 내가 뒷산에 간 척 하고 무엇을 하고 있는가 하면……

마을 밖까지 나가 돈을 벌고 있다.

네 살짜리 아이가 어떻게 돈을 버냐고? 아니면 무엇을 위해 돈을 버냐고?

나의 MP와 스킬이 있으면 돈 벌기는 어렵지 않다.

그럼 무엇을 위해 버는가 하는 점은 매우 간단하게 대답할 수 있다.

──당연히 강해지기 위해서지.

그렇게 뒷산으로 이어지는 밭길에서 나는 미래의 용사── 코델리아와 마주쳤다.

비단 같은 빨간 머리에 원피스, 그리고 푸른 눈.

새하얀 피부를 지닌, 그야말로 천사라고밖에 표현할 수 없는 빼어난 외모.

크면 아름답게 자랄 것이라는 점은 상상하기 어렵지 않지만, 실제로 특출한 미인으로 자랄 것을 나는 알고 있다.

그런 그녀가 볼을 부풀리며 나에게 이렇게 말했다.

"나도 류토와 함께 뒷산에 갈래. 나도 산나물 캘래."

미안해, 코델리아. 내가 가는 곳은 뒷산이 아니라 도시야.

"코델리아랑은 같이 안 갈 거야."

"우으으⋯⋯흐윽⋯⋯."

점차 코델리아가 울먹이기 시작했다.

"류토⋯⋯ 전혀 놀아주지 않아⋯⋯ 왜? 왜? 나 심심해⋯⋯."

왜냐고 묻는다면 그것은 너 때문이라는 말밖에 할 말이 없다.

아직 신탁을 받지 않았다고는 하지만, 어딘가의 누구는 용사로 인정받고, 스테이터스가 빛의 속도로 성장하여── 다른 차원의 영역까지 돌파하고 마니까.

따라서 나는 그 전에…… 크게 강해지지 않으면 안 된다.

나는 코델리아의 머리에 손바닥을 톡 올렸다.

"다음에 놀아줄 테니까…… 미안해."

그러자 그녀의 볼에 눈물이 뚝뚝 흘렀다.

"바보…… 류토는…… 류토는…… 바보야──!"

몸을 돌려 달려가는 코델리아가 울먹이며 이렇게 외쳤다.

"이제…… 말도 하지 않을 테니까──!"

귀찮아……라고 생각하며 나는 탁탁 달려가는 코델리아의 뒷모습을 지켜보았다.

그리고 그녀는 중간에 풀썩 넘어졌다.

"……으아─앙! 흑…… 우…… 우에에엥! 바……바보! 류토 바보──!"

우와…… 정말 성가시네…….

그렇게 그녀가 자신의 집 현관으로 들어가던 차에 나는 걸어가기 시작했다.

"……자."

뒷산으로 들어간 나는 스킬의 힘을 해방했다.

질풍 같은 속도로 숲속을 달렸다.

1백 미터 달리기로 환산하면 아마 14초 정도의── 어린 아이로서는 매우 빠른 속도로 숲을 누볐다.

내가 사용하고 있는 것은 신체 능력 강화: 레벨4이다.

신체 강화의 이론은 매우 간단하다.

마력으로 근섬유를 보강하여 잠재능력의 한계를 뛰어넘은 힘을 만들어내는 것이다.

물론 내 또래에서 신체 능력 강화를 사용할 수 있는 사람도 없지 않다.

뭐, 상당히 드문 경우인 것은 분명하지만. 이 스킬은 근접전투에서는 필수라 여겨지는 기능이다.

철이 들 무렵부터 무예의 진수를 배울 직업 군인의 귀족 자제라면, 아마 나와 같은 나이라도 쓸 수 있을 것이다.

참고로 코델리아의 신탁은 여섯 살 때이고, 그녀가 이 스킬을 배운 것은 일곱 살 때였던가…… 뭐, 아무래도 상관없지만.

나아가 이 스킬은 튜토리얼 때 필사적으로 연마하여 레벨 4까지 단련시킨 것이다.

그리고…… 이 스킬 덕분에 엄청난 힘을 순간적으로 이끌어낼 수 있게 되었지만, 여기에는 당연히 대가가 있다.

마력으로 근육을 보강하기 때문에 필연적으로 MP를 사용하게 된다.

만약, 근접전에서 MP가 낮다면 답은 이미 나온 샘이다.

그러므로 순간적으로 큰 힘이 필요한 경우에 한하여 폭넓게 사용되고 있다.

예를 들어 전투 중이나, 혹은 무거운 짐을 조금 옮기는 것이라든가.

그러나 나의 MP는 어른을 포함해도…… 정말 치트나 마찬가지이므로 그야말로 하루 종일 강화시키는 것도 가능하다.

아니, 드러나지 않도록 힘을 조절하고 있을 뿐이지, 사실은 늘 강화하고 있지만.

최근에는 MP를 고갈시키는 것도 벅찰 정도라, 이런 때에 꾸준히 MP를 낭비하지 않으면 안 된다.

솔직히 여러 의미에서 너무 지나쳤다고 생각하지 않을 수 없다.

아무튼…… 산을 빠져나와 평지의 삼림지대로 들어갔다.

숲을 누비며 달리기를 30분.

그제야 도로 근방의 역참 마을에 도착했다.

그리고 길 한 구석—— 누구의 방해도 되지 않는 장소에 평소처럼 돗자리를 깔고 요금표를 설치했다.

그러자 몇 분도 지나지 않아 나그네가 한 사람 신발을 벗고 돗자리 위에 앉았다.

"너무 어린데……교회의 아이인가? 뭐, 아무튼…… 동화 두 개면 되려나?"

일본 돈으로 따지면 2천 엔 정도의 가치다.

내가 고개를 끄덕이자, 나그네는 발바닥을 나에게 보였다.

"걸어 다니느라 물집이 터졌거든…… 그 외에는 그냥 발에 피로가 쌓였고."

그 말에 나는 나그네의 발에 초급 치료마법을 걸었다.

그러자 점점 그의 터진 물집이 낫기 시작했다.

"응. 고맙구나."

만족스럽게 그가 동화를 내밀고 일어나 떠났다.

내가 여기서 하고 있는 일은 즉석 마법 치료소이다.

이러한 역참 마을에서는 파발마나 행상인의 피로회복이 주된 업무이다.

특히 나는 시세의 절반 이하의 가격으로 하고 있으므로 꽤 인기가 많았다.

여전히 나의 MP 확장 피버 타임이 계속되고 있지만, 그저 단순히 마력 고갈이 될 때까지 허투루 마법을 연타해서는 재미가 없다.

그리고 나 정도의 나이면 직업 마술사의 자제인 경우, 초보적인 회복마법을 다루는 일도 드물지 않다.

──뭐, 나처럼 회복마법을 무한히 쓸 수 있는 사람은 존재하지 않겠지만.

따라서 나는 의심을 받지 않는 정도로 치료 회복 횟수를 정하여, 거리의 역참을 돌아다니며 MP의 소비와 용돈벌이에 힘쓰고 있는 것이다.

참고로 최근 반 년 동안 모은 금전은 뒷산에 보관하고 있으며, 일본 돈으로 1천 만 엔 수준이 되었다.

이것만으로도 내가 얼마나 엄청난 MP를 지니고 있는지 알 수 있을 것이다. 회복마법의 시세는 수요와 공급으로 결정된다.

나는 비범하므로 마구 돈을 벌 수 있다는 뜻이다.

뭐, 그래도 아직 목표한 금액까지는 까마득히 멀었다.

하지만 딱히 서두를 것도 없고, MP 확장을 행하며 천천히 해내고 있다.

그리고.

여러 역참을 돌아다니는 동안 해가 저물었다.

스테이터스 표를 보자, 달리며 돌아다닌 영향으로 신체 능력 강화 스킬도 5가 되어 있었다.

좋아, 하며 기뻐하는 포즈를 취하고 돗자리를 정리한 다음 귀갓길에 올랐다.

온 길과는 반대로 우거진 숲부터 들어간 다음, 뒷산으로 나아갔다.

뒷산에 파묻은 항아리를 꺼내서, 오늘 번 돈을 그곳에 넣었다.

그런 뒤……뒷산을 내려와 밭길로 나왔다.

그곳에는 나는 다시 코델리아와 마주쳤다.

"…………."

뾰로통한 얼굴로 그녀가 나를 노려보았다.

"왜 그래, 코델리아?"

"…………."

무언으로 그녀는 나를 계속 노려보았다.

"대체 왜 그러냐니까, 코델리아?"

그러자 그녀는 흥 하는 효과음과 함께 고개를 옆으로 돌렸다.

"…………걸."

"소리가 작아서 안 들리는데?"

"평생 말하지 않겠다고…… 아침에 말했는걸."

우와…… 진짜 성가시네…….

나는 주머니에 손을 넣어, 작은 꾸러미를 꺼냈다.

그리고 코델리아에게 다가갔다.

"자, 선물이야."

"……응?"

건네받은 꾸러미를 코델리아가 펼쳤다.

"흰 빵으로 만든 샌드위치야. 베이컨과 양상추, 치즈가 들었어…… 너 좋아하잖아?"

빈농이라 식사로 나오는 빵은 검은 빵이라 불리는 것이다.

매우 딱딱해서 솔직히 먹을 만한 것이 못 된다.

수프에 적셔 불린 다음에야 겨우 먹을 수 있으므로, 그것은 내가 아는 빵과는 전혀 다른 음식이었다.

일본에서 먹는 빵은 여기서는 흰 빵이라 부르는 고급품이다.

웬만큼 축하할 일이 없으면 먹을 기회가 없는 것이지만, 흰 빵은 코델리아가 좋아하는 음식이기도 했다.

"…………."

잠시 침묵한 뒤, 코델리아가 생긋 웃었다.

"귀찮은 일이 벌어질 가능성이 있으니까, 지금 당장 여기서 먹어."

내 말에 코델리아는 끄덕끄덕 동의하더니, 엄청난 기세로 샌드위치를 먹기 시작했다.

실제로 이런 음식물을 나에게 받았다고 하고 집에 가져가면 꽤나 골치 아프다.

아버지와 어머니는 나를 평범한 아동이라고 생각하고 있으니까.

"…………자."

다 먹은 코델리아가 나에게 오른손을 내밀었다.

손을 잡으라는 뜻인가 보다.

귀찮다고 여기며 그녀의 손을 잡고, 우리는 집을 향해 걷기 시작했다.

"있잖아, 류토?"

"응?"

"오늘 있잖아, 오늘, 어머니가 있지?"

"저기…….."

"왜?"

"평생 나와 말하지 않는 것 아니었어?"

내 말에 코델리아가 활짝 미소 지으며 이렇게 대답했다.

"이런 걸 뭐라고 하는지 알아?"

"응?"

"전언 취소라고 하는 거라고?"

이 말에는 결국 쓴웃음을 짓지 않을 수 없었다.

"그래, 그래, 어련하시겠습니까."

그렇게 우리는 손을 잡고 귀갓길에 올랐다.

봄의 따뜻한 기운.

어디까지고 푸른 하늘에는 뭉게구름이 드문드문.

풀냄새가 강한 논두렁길을 나와 코델리아가 걷고 있었다.

"있잖아, 있잖아, 류토? 기대되지?"

코델리아는 이제 다섯 살이 되어, 용사의 신탁을 받기 직전인 시기였다.

빨갛고 부드러운 긴 머리카락, 투명하고 하얀 피부.

서양인형을 인간으로 만든 듯한 완벽한 얼굴.

하지만 역시 다섯 살은 다섯 살이다. 아무래도 천진난만하다고 나 할까…… 젖니인 앞니가 하나 빠져 있어서, 왠지 개구쟁이 같은 느낌이 났다.

"있잖아, 있잖아? 기대되냐고 물었는데?"

"응, 그래. 기대되네."

오늘은 행상이 오는 날이다.

마을 광장에서 행상이 여러 나라의 진귀한 물건을 고가에 팔아 치운다……고 하면 역시 표현이 안 좋은가.

여러 나라를 돌며 별품을 팔아 모은 수요가 있는 상품을 조금 수수료를 붙여 판매해준다, 뭐 그런 말이다.

당연히 이곳은 시골 중의 시골이므로, 행상이 방문하는 것은 깜짝 이벤트나 마찬가지였다.

이야기가 달라지지만, 나는 산놀이의 천재가 되어 있었다.

귀중한 약초며 산나물을 집에 갖고 돌아가서, 그걸 팔고 남은 돈에서 용돈을 약간 받고 있다.

그런 식으로 나는 동년배에 비하면 용돈의 액수가 상당히 컸다.

뭐, 실제로는 회복마법으로 박리다매를 취하고 있으니, 어른을 포함해도 엄청난 부자겠지만, 그것은 차치하고.

그런 연유로 행상이 마을을 찾을 때마다, 코델리아는 나에게 사달라고 조르곤 했다.

코델리아는 벌꿀로 만든 설탕과자를 무척 좋아했는데…… 아무래도 가격이 비싸다.

사실 내가 용돈으로 받은 금액의 절반 이상은 되는 가격이다.

옆에서 보면 소꿉친구에게 용돈의 대부분을 빼앗기는 불쌍한 소년일까.

그 증거로 행상인 아저씨는 나의 얼굴을 볼 때마다 매번 반쯤 웃는 얼굴이다.

"있잖아, 오늘은 류토의 가족은 안 와?"

"작년 흉작의 영향이 그대로 미치고 있어서 근검절약하는 생활이거든."

"근검절약?"

"돈을 쓰지 않고 아끼며 살자는 뜻."

"그렇구나."

우리 집은 콩을 재배하는데, 작년 기후가 최악이었다.

다른 콩 농가에서는 친자식을 노예상에게 팔아 입에 풀칠을 하는 상태였다.

뭐, 우리 집에는 약초 찾기의 천재 소년…… 아니, 스스로 말하니 역시 부끄러운데. 아무튼 내가 있으니 간신히 살아가고 있다.

아무래도 부모님도 슬슬 나의 약초 찾기 재능을 이상하다고 생각하기 시작했지만······.

그때 코델리아가 나에게 물었다.

"있잖아, 류토? 병아리라고 열 번 말해볼래?"

"병아리병아리병아리병아리병아리병아리병아리병아리병아리."

"그럼 있잖아? 닭이 낳는 것은?"

코델리아가 히죽 웃었다.

그야말로 짓궂은 장난을 꾀하는 얼굴로——.

"달걀."

——순식간에 장난을 밝혀내버렸다.

원래 취지는 대답하는 사람이 병아리라고 하고, 질문하는 사람이 달걀이었다며 장난스럽게 웃으며 대답한다는······ 시시한 함정이다.

하지만 그런 함정 퀴즈는 이미 일본의 초등학교에서 실컷 경험했다.

어른스럽지 못해 미안해, 미래의 용사님.

"크으으."

"나를 속이려고 하다니 십 년은 일러."

자랑스러워하는 나를 보며, 코델리아가 울 것 같은 표정을 지었다.

"하지만 아마 다음 퀴즈는 대답할 수 없을걸?"

"흐음······ 좋아, 말해볼래? 어떤 어려운 질문일까?"

"그럼…… 지금부터 '좋아'라고 열 번 해봐?"

답이 좋아나 그 비슷한 함정이려나?

하고 생각하며, 나는 그녀의 말대로 해보았다.

"좋아좋아좋아좋아좋아좋아좋아좋아좋아좋아."

"…………."

내가 좋아 라고 말할 때마다 코델리아의 얼굴이 빨개졌다.

그리고 마지막에는 긴 속눈썹을 내리깔고, 사과처럼 홍조를 띠었다.

땅바닥을 바라보며, 무릎을 움찔거리며 그 자리에 멈추고 만 것이다.

"……그래서?"

"………………."

잠시 입을 다문 코델리아.

그리고 그녀가 부끄러워하며 이렇게 말했다.

"좋아한다고 말하니 기뻐서…… 어떤 퀴즈를 낼지 까먹었어."

어쩌면 이렇게 귀여울까.

이 말에 아무리 나라도 가슴이 두근거리지 않을 수 없었다.

나는 코델리아의 머리를 쓰다듬으며, 그녀에게 품고 있는 감정을 정리해보았다.

소꿉친구이기도 하고, 여동생과 같은 존재이기도 하며, 또는 딸이나 조카와 같은 것일지도 모른다.

현 시점은 논외로 하고, 열다섯 살 때까지의 그녀를 알고 있지만…… 그래도 연애대상인가 아닌가 물으면, 그것은 아닌 느낌도 든다.

──하지만 내가 이 녀석을 소중하게 여기는 점은 분명하고…….

몇 번이고 생각한 명제지만, 역시 스스로도 잘 모르겠다.

그때 나와 코델리아는 목적지인 광장에 도착했다.

동시에 그녀의 표정에 활짝 웃는 얼굴이라는 이름의 해바라기가 피었다.

"오늘도 늘 먹던 벌꿀 설탕과자면 돼?"

"류토는 여기서 잠깐 기다려!"

그 말만 하더니, 그녀는 혼자 행상인의 노점으로 달려갔다.

"뭐야, 코델리아?"

아직 이른 시간이었기에 인적도 드물었다.

코델리아가 행상인에게 무언가 말을 걸더니, 무언가를 건넸다.

대신 행상인에게 작은 주머니를 받고는 다시 이쪽으로 돌아왔다.

"…………?"

코델리아가 작은 주머니를 나에게 내밀었다.

"오늘은 내가 류토에게 과자를 사줄 거라고?"

"어?"

"있잖아, 있잖아. 계속 용돈을 모았거든."

이 과자는 꽤 비쌀 터였다.

이 녀석이 매달 어느 정도 용돈을 받는지는 모르지만…… 적어도 그녀에게 이것은 정말 값싼 구매가 아니다.

"…………어째서?"

"오늘은 있잖아…… 있잖아…… 류토의 생일이잖아?"

"앗…….."

완전히 잊고 있었다.

매년 이 시기가 되면 왠지 어머니가 힘이 넘쳤으니까…… 그것으로…… 올해는 그 계절의 풍물시가 없던 탓이려나.

그런데 그렇게 아들을 끔찍하게 여기는 어머니가…… 왜…… 작은 생일 파티를 열지 않았을까.

아니, 오히려 말조차 나오지 않을까……하다 깨달았다.

——작년 흉작이…… 정말 위험한 지점까지 가계에 영향을 미친 모양이다.

매번 잘 조절해서 눈에 띄지 않도록…… 목돈을 집에 들일 필요가 있겠는데.

두통의 싹이 하나 늘어났기에 한숨이 나올 뻔했으나, 필사적으로 참았다.

역시 선물을 받은 직후에 떨떠름한 얼굴을 하는 것은 예의에 어긋나기 때문이다.

"기뻐? 류토 기뻐?"

"응. 고마워, 코델리아."

방긋 웃으며 나는 코델리아의 머리를 쓰다듬었다.

"에헤헤."

파괴력 발군의 천진난만한 웃음이 나를 덮쳤다.

아무래도 이 녀석의 웃는 얼굴을 보면 자연스럽게 얼굴이 풀어

지니 곤란하다.

"그럼 돌아갈까?"

그러자 코델리아가 놀란 표정을 지었다.

이어서 고개를 갸웃했다.

마지막으로는 불만족스럽게 볼을 부풀렸다.

"왜? 왜 벌써 돌아가는 거야?"

"응? 이미 살 건 샀으니까…… 여기서 볼일은 끝난 거 아냐?"

"내 거……."

"어?"

당장이라도 울 것 같은 표정으로 코델리아가 이렇게 말했다.

"벌꿀과자…… 나…… 아직 못 받았어."

아, 나에게 주는 선물은 선물이고, 자신의 몫인 과자는…… 이건 이거구나…….

나중에 분명 이 녀석……디저트는 배가 따로 있다고 말할 인종이다.

어쩔 수 없다는 듯 나는 어깨를 으쓱하고 지갑을 한손에 들고 행상인에게 걸어갔다.

──참고로 평소보다 꽤 많은 양을 사주고 만 것은…… 어쩔 수 없는 일이다.

이름: 류토=맥클레인

종족: 휴먼

직업: 마을사람

나이: 6세

레벨: 1

HP: 3/3 →12/12

MP: 6852/6852→10420/10420

공격력: 1→15

방어력: 1→15

마력: 1250→1923

회피: 1→35

강화 스킬

[신체 능력 강화: 레벨4→10(MAX)──사용 시: 공격력 · 방어력 · 회피X2 보정]

방어 스킬

[위강: 레벨2] [정신 내성: 레벨2] [불굴: 레벨10(MAX)]

통상 스킬

[농작물 재배: 레벨15(한계돌파: 여신으로부터의 선물)]

마법 스킬

[마력조작: 레벨10(MAX)] [생활마법: 레벨10(MAX)]

[초보 공격마법: 레벨1(성장한계)] [초보 회복마법: 레벨1(성장한계)]

안녕하세요, 접니다.

솔직히…… 예상보다도 크게 성장하고 있습니다.

……마력 치트 대단한데, 이거.

하지만 나의 직업은 마을사람이다.

마력과 MP가 아무리 높아도 스킬을 배울 수 없으므로, 고위 마법은 다루지 못한다.

그 증거로 아무리 마법을 써도 초보 마법 레벨1에서 마법의 성장이 멈춰 있다.

뭐, 지금 현재는 쓸 길이 없는 잉여 마력이며 MP 등은 용의 마을에 들어가면 대부분 해소되겠지만.

지금이라도 마물 정도는 잡을 수 있지만…… 경험치 쌓기와 레벨 업은 아직 하지 않았다.

이것에는 이유가 있다.

오늘 내가 향한 곳은…… 집 뒷산을 넘어간 곳에 있는 계곡지대다.

그곳에는 커다란 폭포가 있는데, 그 근방에 오두막집을 짓고 사는 꾀죄죄한 아저씨가 있다.

내가 사는 마을에서 그 사람은 이상한 부랑자라고 부른다.

실제로 옛날에는 마을로 내려왔을 때에도 상점에서는 바가지를 씌우거나, 보통 마을사람도 멀리서 험담을 하는 등 함부로 대하는 모습을 보였다.

하지만 시계열을 따지면, 지금부터 몇 달 뒤에 코넬리아가 신탁을 받을 때, 왕도에서 높은 사람이 우리 마을로 여럿 몰려오는데── 그때 이 아저씨가 대단한 인물이라는 사실이 밝혀진다.

　──버나드=알라바스타.

　일찍이 왕도기사단에서 최강이라 불린 검호이다.

　근처에 산다는 이유로, 일단 코넬리아의 검술 지도를 맡아달라며 촌장이 머리를 숙였으나, 단호하게 거절당했다.

　그야 그렇겠지.

　실컷 이상한 사람 취급을 하더니 정체가 드러난 순간 태도를 바꾸었으니 아무래도 기분이 나쁠 것이다.

　아무튼…… 시골 변경의 나라 기사단 내에서 최강이라고 불려봐야 솔직히 나는 별 느낌도 없다.

　중요한 점은 그의 경력이다.

　그는 마을사람으로 태어나서, 마을사람으로 성장하고, 마을사람으로 결혼했다.

　농업에 힘쓰는 가운데 세 명의 귀한 딸을 얻고, 가난하지만 행복한 가정을 꾸렸다.

　사건이 일어난 것은 막내가 태어난 지 3년째 되는 해였다.

　──그의 마을이 오크 집단의 습격을 받았다.

　전력 차이는 확연해서, 남자들은 저항하는 것도 포기하였고, 마을은 그저 맥없이 유린당했다.

　여자는 범해지고, 또한 씨받이로 쓰기 위해 납치되었으며, 곡물 창고에 저장된 모든 것을 빼앗겼다.

　──그리고 모든 것을 잃은 그는 마을에서 모습을 감췄다.

　그 후.

10년의 세월이 지나고, 왕도의 검술대회에 홀연히 그가 나타났다.

그러고는 참여했던 강호를 밀어내고 훌륭하게 우승한 뒤, 기사단에 입단하게 된다.

나아가 몇 년이 지난 뒤, 그는 기사단장을 계승하고, 오크 집락을 괴멸시키는 일에 모든 심혈을 기울였다.

실제로 그의 본명보다도 오크 킬러라는 이명이 훨씬 더 유명하다.

그런 식으로 이 나라에서 모든 오크를 몰아냄과 동시에 그는 기사단에서 퇴단하여 세상을 버린 사람처럼 계곡 지대에서 혼자 살게 되었다.

뭐, 그의 입장에서 보면 지금 인생은 덤과 같은 것이리라.

나에게 중요한 점은 단 한 가지다.

그는 평범한 마을사람이었다── 그런데…… 시골이라고는 하지만, 마을사람인 채로 검술대회에서 우승했다.

따라서 현재 그에게로…… 나는 발걸음을 옮기고 있는 것이다.

그렇게 나는 계곡에 세워진 오두막집의 문고리로 손을 뻗었다.

"돌아가."

그것이 버나드 씨가 증류주로 병나발을 불며 나에게 입을 연 첫마디였다.

쉰 살에 가까운 백발.

우람한 체격에 수염이 덥수룩하게 난 남자는 전체 다섯 평 크기에 가로가 약 2미터인 크기의 집에 살고 있었다.

실내를 둘러보자, 보이는 곳마다 술병과 쓰레기가 굴러다녔다. 매우 비위생적이고, 또한 술 냄새로 가득했다.

"이쪽도 빈손으로 돌아갈 수는 없다고."

내용물이 든 채 굴러다니던 술병을 집었다.

마찬가지로 굴러다니던 컵에 증류주를 따라서, 나는 단숨에 마셔버렸다.

맛없는 술이다.

일본의 편의점에서 한 병에 7백 엔 정도에 파는 싸구려 위스키가 훨씬 더 맛있다.

"꼬마…… 마실 줄 아나?"

"더 괜찮은 술은 없어? 아무리 그래도 이건 심한데?"

그때 버나드 씨가 히죽 웃었다.

"별난 꼬마로군. 그나저나…… 제자로 들어오고 싶다고 했나?"

"그래, 맞아."

잠시 버나드 씨는 생각에 잠기더니 고개를 좌우로 흔들었다.

"돌아가라고 말한 것은 사실 그 뜻 그대로다. 지금 나는 누군가를 가르칠 수 없어. 그건……."

나는 버나드 씨의 말을 손으로 제지했다.

"병……에 걸렸지?"

그러자 버나드 씨의 안색이 노골적으로 달라졌다.

"아무에게도…… 말한 적이 없을 텐데?"

"그야 그렇겠지."

나는 자신만만하게 웃었다.

지금부터 일 년 뒤에 버나드 씨는 간이 나빠 사망할 운명이다.

그것을 내가 알고 있는 것은 굳이 말하자면 반칙 같은 것이므로…… 뜸을 들이지 않고 주머니에서 작은 병을 꺼냈다.

"이봐…… 꼬마…… 이것은……?"

"엘릭서야."

간경화…… 내장질환에 효과가 직방인 마법의 묘약이다.

현대 일본에 이런 것이 있고, 숫자가 한정되어 있다면, 그야말로 억 단위를 불러도 모자랄 약일 것이다.

거기에 귀중한 재료가 많이 쓰이므로 생산량이 적다.

필연적으로 이 세계에서도 엄청난 가격으로 거래되는 물건이다.

어안이 벙벙한 표정으로 버나드 씨는 파란색 액체가 담긴 작은 병을 바라보더니, 웃기 시작했다.

"푸하하……! 푸하하하……! 꼬마…… 어떻게 돈을 만들었지?"

"……회복마법으로 조금씩 모았어."

"회복마법을 쓸 수 있나…… 그래도 엘릭서를 살 수 있을 큰돈을 모으다니……."

잠시 나는 입을 다물었다.

말할까 말하지 말까 잠깐 고민한 뒤, 곧 솔직히 밝히기로 했다.

"나의 MP는 1만이 넘거든."

"……뭐?"

그렇게 말하며, 나는 스테이터스 표를 내밀었다.

"스테이터스 오픈. 타인의 열람을 허가한다."

그러자 버나드 씨가 눈을 크게 떴다.

곧이어―― 긴, 긴 침묵이 흘렀다.

누구에게도 밝힌 적이 없는 병을 알아내고, 나아가 엘릭서를 가져온 정체불명의 소년.

심지어 인간의 범위를 벗어난 MP와 마력을 지녔다.

반대 입장이었다면 이 이상 꺼림칙한 일은 없다.

"……너는 요괴…… 또는 천마라도 되나? MP가 1만을 넘다니…… B랭크나…… 잘하면 A랭크의 마술사 수준이라고."

"아니, 나는 평범한 인간인데?"

이 대답이 묘하게 웃겼는지, 버나드 씨가 피식 웃었다.

"그런데 MP 1만이 넘는 괴물이 왜 나에게 가르침을 청하지? 마법을 다루는 법이라면 왕도…… 아니, 황성에 가서 마술학원에라도 들어가면 될 텐데."

"나는―― 마을사람이야. 아무리 노력해도 초보 마법밖에 쓸 수 없어."

잠시 생각하던 버나드 씨가 고개를 끄덕였다.

"여러모로…… 사연이 있는 모양이군. 과연…… 그래서 나에게 온 건가?"

"맞아. 그래서 돈을 모았어. 당신이 멋대로 죽어버리면 내가 곤란하거든."

"하하…… 정말 꺼림칙한 꼬맹인데? 사정을 자세히 들려주지 않겠나?"

"나는 강해지지 않으면 안 돼. 그 이상의 일은…… 미안하지만 모른 척해줘."

"뭐, 그렇겠지…… 아무튼…… 너의 목적은 강체술(鋼体術)이 겠군?"

나는 고개를 끄덕였다.

강체술── 그것은 육체를 강화하는 스킬이다.

지금, 내가 지닌 신체 능력 강화와는 크게 다른 것이다.

잠재 능력을 바탕으로 그 이상의 힘을 이끌어내는 것이 신체 능력 강화법이고, 마을사람의 빈약한 육체가 강화되어도 그것은 한계가 있다.

여기서 등장하는 것이 강체술이다.

이것은 육체의 기본 그 자체를 강화하여, 최저 수준을 끌어올리는 스킬이다.

단, MP를 크게 소모하는 스킬이기 때문에 보통은 그것을 습득하려는 별난 사람은 없다.

버나드 씨도 역시 오크에게 대항하기 위해서…… 그 초기 단계인 MP강화에 꽤나 무리를 했을 터였다.

심지어 그는 마을사람이다.

──간질환의 원인은 술만이 아니다.

도핑 방법에 밝은 나이기에 알 수 있다.

위험한 이론을 구사하여── 복수를 위해 그는 마을사람인 자신을 혹사시켰다.

실제로 엘릭서를 마셔 내장질환을 치료했어도 몸의 여러 부분은 여전히 부실했다.

따라서 엘릭서를 섭취하더라도 임시방편인 면이 강해서, 천수를 누릴 만큼 오래 살지는 못할 것이다.

"그런데 너…… 강체술이란 신체 능력 강화 스킬이 전제인 스킬이라고? 먼저 그것부터 배우지 않으면 안 될 텐데."

"그거라면 이미 쓸 수 있어."

그러며 버나드 씨의 양쪽 겨드랑이에 손을 넣어 가볍게 번쩍 들어올렸다.

"……과연. 확실히 쓸 수 있네."

"일단 스킬 레벨은 맥스야."

깊이 한숨을 쉬며 버나드 씨가 말했다.

"대체…… 뭐 하는 꼬맹이야. 그나저나…… 그 MP는 정말 대단한데. 한 가지만 알고 싶은데…… 어떻게 이 수준까지 끌어올렸지?"

"고통을 두려워하지 않으면 누구든지 도달할 수 있어. 그리고…… 귀문법도 마찬가지고……."

그 말에 버나드 씨의 표정이 완전히 굳어졌다.

"강체술까지는…… 이해가 가. 어디서…… 금지된 술법…… 그 말을 알아냈지?"

잠시 나는 말문이 막혔지만, 솔직히 털어놓았다.

"대부분의 일이라면…… 난 알고 있어."

전혀 대답이 되지 않았다.

하지만 버나드 씨는 묘하게 납득한 표정을 지었다.

"정말 귀신이나 뭐라도 되나…… 아무튼 나도 목숨을 구해준 은혜가 있어. 그런데…… 금술…… 귀문법에 대해서는 알고 있지?"

"사람인 채 수라가 된다――기초 스테이터스를 폭발적으로 높이는――귀인(鬼人)이 되는 법."

"정말 그것은 귀신에 이르는 문을 여는 방법이야…… 왜 금술이라 여겨지는지도 알고 있나?"

"MP의 소비량이 엄청나고…… 술자가 깨닫지 못한 채 마력 고갈이 일어난 경우, 영혼을 소비하여 강화가 이어지는 술식…… 사고로 죽은 자가 잇따랐기 때문이지?"

"강체술과 신체 능력 강화가 있으면, 마력 고갈시 강제적으로 술식이 해제돼. 하지만―― 귀문법은 술자가 해제하지 않는 한 영혼까지 집어삼킨다."

잠시 침묵하던 버나드 씨가 나에게 물었다.

"마력 고갈이 목숨을 위협 할 거다…… 죽음이 함께 하는 금단의 기술이라고? 그래도 배우고 싶나?"

그 말에 나는 킥킥 웃었다.

"누구에게 말하는 거야?"

미소를 지으며 말을 이었다.

"나의 MP는 1만을 넘었는데?"

이에 생각났다는 듯 버나드 씨가 웃었다.

"아아…… 그랬지. 너무 상식 밖이라…… 보통 인간에게 설명하듯이 해버렸네…… 그야 그렇지…… 너라면…… 귀문법을 완전히 다루는 일도…….”

그리고 나의 머리를 움켜쥐더니, 난폭하게 쓰다듬었다.

“──넌…… 강해질 수 있을 거다.”

“그러니까 말했잖아.”

나는 버나드 씨에게 오른손을 내밀었다.

버나드 씨는 나의 손을 강하게 쥐었다.

“가능성으로 끝나면 곤란해── 강해지지 않으면 안 된다고.”

“헤헤, 성질도 나쁘지 않은데!”

그 말이 기뻤는지, 버나드 씨가 밝은 표정을 지었다.

그리고 나의 머리가 엉망이 될 때까지 계속 거칠게 쓰다듬었다.

그로부터 6년의 세월이 지났다.

이름: 류토=맥클레인

종족: 휴먼

직업: 마을사람

나이: 12세

레벨: 1

HP: 12/12→50/50

MP: 10420/10420→12050/12050

공격력: 15→35

방어력: 15→35

마력: 1923→2154

회피: 35→55

강화 스킬

[신체 능력 강화: 레벨10(MAX)──사용 시: 공격력 · 방어력 · 회피X2 보정]

[강체술: 레벨0→10(MAX)──사용 시: 공격력 · 방어력 · 회피 +150 보정]

[귀문법: 레벨0→5──사용 시: 공격력 · 방어력 · 회피+250 보정]

방어 스킬

[위강: 레벨2] [정신 내성: 레벨2] [불굴: 레벨10(MAX)]

통상 스킬

[농작물 재배: 레벨15(한계돌파: 여신으로부터의 선물)]

[검술: 레벨0→4] [체술: 레벨0→6]

마법 스킬

[마력조작: 레벨10(MAX)] [생활마법: 레벨10(MAX)]

[초보 공격마법: 레벨1(성장한계)] [초보 회복마법: 레벨1(성장한계)]

짹짹 참새의 지저귐이 기분 좋다.

어제도 호랑이 교관인 버나드 씨에게 호된 훈련을 받았다.

온몸에 근육통이 엄습해서…… 필연적으로 푹신푹신한 침대에서 일어나기 힘들었다.

하지만 나에게는 게으름을 피울 시간이 없다.

나도 드디어 올해로 열두 살이 되었다. 그리고 오늘은 3월 27일이다.

──즉, 나중에…… 일주일 뒤에 고블린이 마을을 습격해오는 운명이 기다리고 있다.

일단 코델리아가 고블린 집단과 맞서서, 팽팽한 싸움을 벌인다.

그러나 최후에는 숫자의 폭력에 밀려 패배하고 만다.

그 다음 지나가던 용이 고블린을 처리해준다……는 것이 지난번 역사.

이번에는 나는 그대로 용의 마을에 같이 가기로 되어 있다.

사실 이 마을과도…… 잠시 헤어질 때가 왔다는 뜻이다.

그렇다면 여러 가지 남은 일을 서둘러 정리해두어야 한다.

그래…… 하지 않으면 안 될 일이 남아 있다.

아픔과 피로가 남은 몸을 다그치며 나는 어렴풋이 눈을 떴다. 그와 동시에 한숨을 내쉬었다.

해야 할 일 그 첫 번째.

그것은 자고 있는 나의 입술을 훔치려고 하는 서른이 조금 지난 미인──즉, 나의 어머니다.

"안녕, 류토? 모닝 키스란다?"

말하며 어머니가 입술을 오므렸다.

그리고는 곧 나의 입술을 향해 얼굴을 가까이 했다.

어머니의 입술 공격을 휙 피하며, 나는 상반신을 일으켰다.

"어머니……?"

"왜?"

한 박자를 쉬고, 나는 진지한 목소리를 꾸며내며 이렇게 말했다.

"……이런 건 이제…… 그만하자."

"이런 거라니……어떤 걸 그만하자고 류토는 말하는 걸까?"

장난스러운 표정을 짓고, 어머니가 고개를 갸웃했다.

"모닝…… 키스말이야. 이제 그런 건 그만해."

짜증을 내는 나에게 이해가 되지 않는다……는 듯 어머니가 입을 떡 벌렸다.

"어째서?"

깊은── 깊은 한숨.

나는 마음을 정하고 이렇게 말했다.

"나는 이제…… 열두 살이야. 모닝 키스는…… 기껏해야 여섯 살 정도까지 하는 거 아냐?"

"……뭐?"

말과 동시에 어머니가 굳어버렸다.

"…………."

"…………."

"…………."

"…………."

마주보는 나와 어머니.

서로 무언.

"…………."

"…………."

"…………."

"…………."

어머니가 잘게 떨기 시작했다.

그리고 표정에서 점차 핏기가 가셨다.

결국 안색이 파랗게 질린 것을 넘어 흙과 같은 색으로 변해버렸다.

아니 대체 얼마나 충격을 받은 거야…….

"……….."

"……….."

"……….."

"……….."

"……….."

"……….."

"……….."

"……….."

길고──긴 침묵.

어머니의 떨림이 서서히 잦아들었다. 그와 함께 표정에도 혈색이 돌아왔다.

응.

역시 아들의 직접적인 설득이 통한 모양이다.

그러나 역시 아들을 너무 사랑하는 어머니라서…… 일시적으로 쇼크 상태에 빠져, 떨림 등의 증상이 일었으나…….

점차 충격으로 일어난 여러 증상도 완화된 모양이니, 아무래도…… 어머니도 이해했나보다.

그 증거로 어머니의 떨림은 멎었고, 혈색도 좋아졌다. 심지어 여러모로 다시 생각하고 모두 털어낸 듯이 부드러운 미소도 지었다.

역시 열두 살 난 아들을 상대로 매일 아침 모닝 키스를 하는 것은 너무 이상하다.

나는 몇 번이나 고개를 끄덕였다. 힘든 12년…… 지난번도 포함해서 27년간이나 이 어머니에게 맞춰주었으니까.

그렇게 생각하니 어머니의 아들 독립을 위한 첫 걸음의 순간을 마주한 지금이 감격스러웠다.

그렇게 미소를 머금은 채 어머니는 이렇게 말했다.

"안녕, 류토? 모닝 키스란다?"

어머니는 다시 입술을 오므리고, 나의 입술을 향해 얼굴을 가까이 했다.

설마 했던 테이크2.

이것과 그것과 저것 모두를 없었던 일로 하고, 다시 처음부터 전부 시작하겠다는 강제성……!

오싹……! 오싹……! 하며 내 몸에 소름이 끼쳤다.

──충격에서 벗어난 것이 아니라, 현실도피를 했을 뿐인가!

나는 기겁을 넘어 반쯤 어이가 없었다.

그러나 여기서 어머니를 받아줄 수는 없다.

각오를 다진 나는 다가오는 어머니의 얼굴을 휙 피했다.

"왜 그래, 류토?"

"……이런 건 이제…… 그만해. 나는 이제…… 열두 살이야."

나도 다시 어머니의 억지를…… 테이크2로 되받아쳤다.

"…………."

"…………."

"…………."

"…………."

잘게 떨며, 표정에서 점차 핏기가 가셨다.

그리고 어머니가 외쳤다.

"후오오오오오오오오오오오오오오오오오오오오오오오오!"

무슨 변○가면이야.

냉정하게 마음속으로 지적했다.

"류토가…… 류토가앗앗앗앗아아아아아아아아아아아아아아아아아아아!!!!"

그렇게 어머니는 현관으로 향하고는, 괴성을 지르며 논두렁길을 마구 달렸다.

후우…… 하고 한숨을 쉬었다.

아니, 솔직히 싫은 것은 아니지만. 어머니는 미인이고, 아직 젊고.

다만 슬슬 아들만 찾지 말았으면 하는 것도 사실이니까…….

오늘은 3월 27일. 벌써 3월 27일이다.

——고블린 습격까지…… 앞으로 7일.

그때 나는 용의 도움을 받아 용의 마을로 가게 되어 있으므로…… 당연히 이 마을에서 떠나게 되니까…….

"앞으로 일주일인가……."

혼잣말을 하며, 나는 침대에서 일어났다.

나──코델리아=올스톤은 가족과 함께 아침식사를 하러 식탁에 앉아 있었다.

흰 빵, 스크램블 에그, 베이컨 치즈 샐러드에 훈제 사슴고기 수프.

무슨 상급 관리의 아침식사인가…… 스스로도 쓴웃음이 나왔다.

6년 전에 신탁을 받은 뒤, 우리 집 식사는 늘 이런 식이다.

집도 증축했고, 소유한 논밭도 열 배는 넓어졌다.

친척…… 사촌과 육촌을 총동원해서 광대한 토지를 경작하였지만, 그럼에도 일손이 부족했다.

농노의 구입하거나 사용인을 고용하자는 말도 나오는 상황이다.

어디서 그런 돈이 나오는가 하면…… 말할 것도 없이 용사인 나에 대한 지원금이다.

바구니 안에 든 흰 빵을 들고, 버터를 발라 입에 넣었다.

……도무지 기분이 나아지지 않았다.

그것은 내가 좋아하는 4월 1일의 봄꽃 축제가 중지되었기 때문이기도 하지만…….

"다음 달부터…… 기사단에 들어가게 되는구나."

아버지의 말에 나는 고개를 끄덕였다.

지금 나는 마을에서 초보적인 전투 훈련을 받고 있다.

걸어서 한 시간 거리에 있는 검술도장에 다니고, 가끔 2주 정도 왕도에 머물면서 마술 강의를 받았다.

뭐, 아직 나이가 너무 어리기도 해서, 그렇게까지 힘든 일은 하지 않는다.

하지만 언제까지고 그럴 수도 없기에, 스테이터스 성장이 본격화되는 열두 살이 되며 본격적인 용사로서의 길을 걷게 되었다.

그 첫 행보가 기사단에 들어가는 일이다.

수습이라는 미묘한 입장이지만, 그럼에도 훌륭한 준구성원이다.

그렇게 한 달간 신병 훈련을 받은 뒤, 유해동물이나 마물의 토벌대에 들어가 실전에 투입된다.

실전…… 그래, 실전이다.

"……응."

가볍게 한숨을 쉰 나의 모습을 보지 못한 어머니가 입을 열었다.

"기사단에서 2년간…… 간단한 실전 경험을 쌓고…… 그 다음…… 열다섯 살이 되면 진짜 기사님이 되어서……."

간단한 실전 경험인가…… 정말 간단히도 말한다.

당연한 일이지만 검을 휘두르면 상대는 허공으로 뇌척수액과 창자, 피를 성대하게 튀기게 된다.

그리고 그 점은 반대도 가능하다.

용사라고 해도…… 공격을 받으면 다치고, 죽는다.

거기까지 생각하던 나는 다시 생각했다.

아버지와 어머니를 원망해서는 안 된다. 용사라고 하면 정신적인 면도 완전무결한…… 인간을 초월한 존재이다.

아니, 세상에는 일반적으로 그렇게 통하고 있다.

실제로 신탁을 받을 때까지 나도 그렇게 생각했고, 용사가…… 전장을 두려워하다니, 그런 일은 있어서는 안 된다고 여겼다.

하지만…… 무서운 것은 무섭다.

내가 앞으로 해야 할 일은 애들 싸움이 아니라, 인간과 마물의 생존을 건 순수한 살해니까.

그런 나의 심경은 전혀 눈치채지 못하고, 어머니가 말을 이었다.

"그 다음 마술학원에 입학해서 3년이면 졸업하고."

그 말을 아버지가 기쁜 듯이 이어나갔다.

"그렇게 왕립 군사범학교에 입학해서 다시 3년…… 군의 간부로서 교육을 받는 거지."

어머니는 나의 손을 잡고, 고개를 끄덕이더니 말했다.

"그리고…… 전과에 따라 명성도, 지위도 마음대로. 너는 예쁘니까 혹시 왕족의 마음에 들어서…… 왕태자 전하의 아내로 들어가는 일이라도——."

말이 나오지 않았다.

나는 눈을 내리깔며, 가벼운 구토감을 느꼈다.

——신탁 따위…… 받지 않았으면 좋았을걸.

돈 같은 것은 살아갈 수 있을 만큼만 있으면 되고, 지위 역시 나는 마을사람인 채가 좋다.

하지만…… 신탁을 받고 말았으니 어느 정도는 이미, 어쩔 도리가 없다는 것 또한 현실이다.

"저기, 아버지?"

"응? 왜 그래? 코델리아?"

"……전장은…… 어떤 곳일까?"

그제야 어머니가 화들짝 놀란 표정을 지었다.

"코델리아…… 너 혹시…… 무섭니? 싸우는 일이…… 용사가 되는 일……이."

"…………."

과연 12년이나 나를 계속 봐온 사람이라 알 수 있는 모양이다.

아니……아니다.

나는 지금까지 계속…… 누구에게도 마음속의 불안과 두려움을 겉으로 드러내지 않고, 태연하게 행동해왔다.

하지만 앞으로 한 달이면 나는 전장에 투입된다.

스스로도…… 염치없다……고는 생각하지만.

마지막 순간이 되어서야…… 나는 지금, 여기서—— 부모님에게 처음이자 마지막으로 구조 신호를 보내는 것이다.

눈을 내리깔고, 핏기가 가신 표정으로 목소리를 조금 떨면서…….

결코 연기는 아니지만, 그런 태도는 겉으로 드러내서는 안 된다는 사실은 안다.

내가 솔직하게 감정을 겉으로 드러내면, 주위가 어떻게 생각할지 모를 정도로 바보는 아니다.

"그럴 리가 없잖아? 코델리아는 용사로서 신탁을 받았어. 용사가 그런 바보 같은 짓을……."

아니야, 아버지.

나도 사실은 무서워.

"그렇지? 코델리아?"

도움을 요청하듯이 어머니를 보았다.

무어라 말할 수 없는 표정을 짓고, 어머니는 나에게서 고개를 돌렸다.

················그야 그렇겠지.

지원금은 이미 받아버렸고, 애초에 용사를 낳았으니 국가에 용사를 문제없이 바쳐야 할 의무가…… 아버지와 어머니에게는 있으니까.

게다가 나 자신도 이것이 응석이라는 점은 알고 있다.

나는 깊숙이 한숨을 내쉬고, 고개를 끄덕였다.

"……응. 무섭지…… 않아……."

분명 무섭다.

하지만── 나에게는 거절한다는 선택지가 없다.

"열심히 해, 코델리아."

그렇게 말하며 아버지는 식탁에서 일어나, 나의 곁으로 걸어왔다.

그대로 나에게도 일어나도록 했다.

아무래도 나를 끌어안으려고 하는 모양이지만…… 도무지 그럴 마음이 들지 않았다.

"……죄송해요, 아버지. 저는…… 방으로 돌아갈게요."

그렇게 말하며 나는 일어섰다.

양손을 가볍게 내밀어 아버지의 접근을 거절했다.

그때—— 거실 안에 굉음이 울려 퍼졌다.

내가 내민 손에 날아가…… 아버지가 5미터 떨어진 등 뒤의 벽까지 나가떨어졌다.

아버지는 대자로 뻗어 벽에 붙은 채, 그대로 쓰러졌다.

이것은…… 나는 아랫입술을 깨물었다.

마력 폭주—— 그 현상이 지극히 간단한 형태로 발현되어, 이런 상황을 만들어냈다고 생각한다.

마력 폭주란 배드 스테이터스의 일종으로, 심해질 경우에는 버서커라 불리게 된다.

용사나 현자 등 상급 직업의 재능을 지닌 자의 유년기에 일어나는 일이 많은 현상이다.

잠재 능력을 제대로 다루지 못하고, 본인이 의도하지 않은 형태로 과도한 힘이 작용된다…… 뭐, 그런 것이다.

아마 이번에는 나의 감정기복에 반응하여 이런 일이 일어난 것으로…….

그런 일을 냉정하게 생각하던 차에…… 쓰러진 아버지의 입에서 하얀 거품이 뿜어져 나온 것을 발견하고, 곧장 다가갔다.

"아버지…… 아버지…………?"

아버지는 기절한 터라, 나는 어떻게 해야 좋을지 몰랐고.

어머니는 벌벌 떨면서, 나와 마찬가지로 어떻게 하면 좋을지 모르겠다는 표정.

또한 두 살 터울인 남동생은 의자에 앉아 굳어서—— 나를 괴물을 보는 듯한 눈으로 보고 있었다.

동생의 시선을 받으며, 나는 자신의 손을 보고 전율했다.

"뭐야? 뭐…… 이런 힘……? 용사가 뭐야? 뭔데…… 정말…… 영문을 모르겠어……!"

동생의 시선을 버티지 못하고—— 나는 집을 뛰쳐나왔다.

한 시간.

두 시간.

세 시간.

아침에 뛰쳐나왔을 터인데, 어느새 시각은 저녁놀이 질 무렵.

아무도 없는 한산한 마을의 광장 벤치에 앉았다.

"오늘은 4월 1일. 꽃 축제……인가…….."

그렇다.

오늘은 4월 1일…… 꽃 축제날이다.

봄이 온 것을 축하하는 축제로, 광장은 꽃으로 장식되고, 마을의 비축품에서 술과 음식을 제공하는—— 그런 축제.

예년이라면 꽃 축제에 들떠서, 어른들은 아침부터 술을 마시고, 아이들도 밤늦게까지 광장에서 뛰어놀 테지만…….

올해 꽃 축제는 중지되었다.

이상기후인가, 혹은 마장의 영향인가, 혹은 둘 다인가.

아무튼 올해는 봄이 되어도 대부분의 식물이 꽃을 피우지 않았다.

그나마 곡물류의 성장에는 문제가 없어서, 어른들은 가슴을 쓸어내리고 있지만…….

꽃을 좋아하는 나로서는 언제나 기대하던 이벤트라…… 정말 아쉽기도 했다.

그렇게 점점 저녁놀의 주홍빛도 짙어져갔다.

나는 마을 안을 정처 없이 헤매고 돌아다니다, 어느새—— 류토의 집 앞에 있었다.

왜 자신이 이곳에 왔는지 모르겠다.

하지만 무의식적으로 역시, 지금도 류토를 오빠처럼 여기고 있는 모양이다.

어린 시절부터 같이 자랐고, 어쩐지 어른스러워서…… 내가 울고 있으면 늘 부드럽게 달래주고.

그런 일을 떠올리며, 류토의 집 앞에 서 있기를 몇 분—— 바로 그 녀석이 집에서 나왔다.

"어라, 코델리아…… 마침 잘 됐다. 지금부터 널 데리러가려고 했거든."

"……데리러?"

의아해하며 물은 나에게 류토가 거침없이 다가왔다.

그러더니 나의 머리를 쓱쓱 쓰다듬으며 말했다.

"꽃 축제 말이야. 안타깝게 됐지…… 넌 꽃을 좋아하잖아?"

"……응. 뭐…… 그야 그렇지만."

그러니까, 하며 활짝 웃는 얼굴로 류토가 이렇게 말했다.

"잠깐 따라와."

"……그건 뭐, 상관없지만."

류토가 앞을 걷고, 내가 뒤따라갔다.

그렇게 류토에게 손을 잡혀 이끌려가며, 평소처럼 앞서나가게 했다.

그러자 역시, 평소처럼 류토의 등이 보였다.

같은 나이인데 왠지 어른스러워서, 묘하게 의지가 된다…… 마치 오빠 같은 소꿉친구.

옛날에는 등이 커다랗게 보였지만── 얼마 전부터 나는 깨달았다.

그렇다. 깨닫고 말았다.

나는 용사이고, 이 녀석은 마을사람…… 그 진짜 의미를.

앞으로 내가 걷는 길과 이 녀석이 걸을 길은 너무 다르다.

지금까지 계속 함께 있었지만, 앞으로는…….

그렇게 생각하자, 류토의 등이 작게 보여서 슬픔과도 같은 외로움이 나를 감쌌다.

"저기, 류토?"

"왜?"

잠시 망설인 뒤, 단도직입적으로 물어보았다.

"……마물과 싸운다는 건 어떤 것일까?"

"때리고 베는 세계겠지. 아프고, 죽고, 피가 튀고, 내장이 드러나고…… 끔찍한 일이야."

한 박자 쉬고, 다시 물었다.

이 녀석이 상대라면 무엇도 사양하지 않아도 된다. 무슨 말을 해도 다정하게 감싸주고, 내가 잘못하면 혼내준다.

그것은 이 녀석이 마을사람이고, 내가 용사라고 해도 변하지 않는다.

앞으로도 무슨 일이 있어도 계속…… 이 녀석만은 내가 기댈 수 있다.

왠지 그런 확신이 들었다.

"……그걸 무섭다고 느끼는 건 이상한 일일까? 있어서는 안 될 일일까?"

"이상하지 않고, 있어서는 안 될 일도 아니지 않아?"

즉시 돌아온 대답에 나는 약간 당황했다.

어느새 우리는 뒷산에 들어왔다.

서서히 주위 수목이 울창해지며, 숲의 안쪽으로 점점 들어갔다.

"…………하지만 내가 용사니까…… 참아야 하는 것 아닐까?"

"왜?"

진심으로 영문을 모르겠다는 듯 류토가 어깨를 으쓱했다.

"응?"

"싫으면 그만둬. 딱히 네가 짊어질 필요는 없잖아."

"……어?"

"너무 착해, 너는."

"…………?"

"어느 날 갑자기 신탁이 내려와서…… '오늘부터 네가 용사다' '네, 그렇습니까' '나라를 위해 목숨을 바쳐라' '네, 알겠습니다'라 니…… 너무 제멋대로란 생각 안 들어?"

류토의 말에 나는 더듬거리며 대답했다.

"그래도 나는 용사고……."

할 수 없다는 듯 류토가 한숨을 쉬었다.

"정말 싫다면…… 같이 도망칠까? 네가 용사인 걸 아는 사람이 없는 곳까지…… 말이야."

무슨 말을 하나 싶었다.

서로 열두 살 어린이고, 마을에서 둘이 뛰쳐나가도 생활이 가 능할 리도 없다.

하지만 이대로 이 녀석을 따라간다면…… 모두 잘 될 것 같은 느낌도 든다.

용사라는 무거운 짐을 버리고, 전투에 전혀 참가하는 일도 없 이── 가족을 만들고, 부부가 되어 흙을 만지며 언제나 행복하 게 살 수 있을 듯한…….

왠지 그런 미래가 확실하게 떠올랐다.

뭐, 제대로 되지 않아 어쩔 도리가 없어졌을 때는 그때 다시 마 을로 돌아오면 되고.

──그것도 괜찮을지도 몰라. 둘이서 도망칠까…….

그렇게 입을 열려고 했을 때, 주위를 둘러싸고 있던 수목이 사 라졌다.

다른 표현을 쓰자면, 숲이 갑자기 트였다.

"좋아…… 다 왔어."

10제곱미터 정도.

화단……인가?

개간하여 정돈된 토지에는 빨간 벽돌이 깔려 있고, 마찬가지로 빨간 벽돌로 만든 화단.

아네모네, 튤립, 데이지, 마거리트.

도처에 가지각색의 꽃이 늘어서 있어서, 나는 저절로 숨을 죽였다.

아니, 그 이상으로…… 화단의 사방을 벽처럼 감싸고 있는 수목에 놀랐다.

"이 꽃은……?"

무수한 핑크색 꽃잎.

하늘하늘 날리면서도, 강한 생명의 숨결이 느껴지는──만개한 꽃으로 뒤덮인 수목.

"벚꽃이야. 6년 전에 동방의 행상인에게서 묘목을 구했어."

"……벚꽃."

처음 보는 꽃.

나는 얼마 동안 정신없이 빠져들어 바라보았다.

몇 분 뒤, 이성을 되찾고 그제야 류토에게 물어볼 수 있었다.

"……이게 뭐야?"

"만들었어."

무뚝뚝하게 대답하는 류토를 보며, 나는 당혹스러운 표정을 짓지 않을 수 없었다.

"……만들었다?"

"아니, 그게…… 너…… 좋아하잖아?"

"뭐가?"

"아니, 그러니까…… 너…… 꽃…… 좋아하잖아?"

류토가 무슨 말을 하는지 모르겠다.

아니, 언어를 모르는 것이 아니다. 하지만 도저히 납득이 가지 않았다.

게다가 애초에……하는 생각에 나는 류토에게 다시 물었다.

"…………올해는 꽃이 안 피는 거 아니었어?"

"……대재앙이—— 다가오고 있는지도."

나는 고개를 갸웃했다.

"대재앙?"

"전에도 흉작이었잖아? 대지의 정기가 어긋난 형태로 빠져나가고 있어…… 그런 느낌이 들어."

"어떻게 네가 그런 걸 아는데?"

"흙을 다루는데 천재니까. 일단 나는 농작물 재배 스킬을 갖고 있다고?"

"……그렇구나."

그렇게 단언해버리면 납득하지 않을 수 없다.

"그런데 어떻게 꽃을 피웠어? 대지의 정기가 지역적으로 이상한 상황이라면, 당연히 여기 일대에 꽃은 피지 않을 거 아냐?"

"대지의 정기란 마력 공급으로 대체할 수 있거든."

"……나도 알 수 있도록 설명해주면 좋겠는데?"

"으음…… 뭐, 성장에 꼭 필요한 비료 같은 거야. 그런 식으로 매일……MP를 땅에 흘려 넣으면…… 이렇게 보는 바와 같아."

"……그렇구나."

감탄하는 한숨과 함께 다시 화단…… 아니, 정원을 바라보았다.

"…………."

"…………."

"…………."

"이만한 규모의 정원…… 시간…… 어느 정도나 걸려?"

"7년……인가. 산을 걸어다니기 시작하고부터 매일 조금씩…… 풀을 뽑고 나무를 베고…… 흙을 만지고 씨앗을 심어서…… 조금씩, 조금씩…… 했어."

"……7년이라니…… 너……."

"…………꾸준히 계속하는 것은 중요하다고?"

자신만만하게 웃는 류토였으나, 나는 솔직히 반쯤 어이가 없었다.

열두 살 아이가……. 평범한 마을사람이……. 남모르게…… 7년이나 걸려서…… 이런 정원을…….

"…………."

"…………."

그때 나는 설마 하며……물었다.

"……이거, 정말 나를 위해 만들었어?"

"아까도 말했잖아? 널 위한 거야."

"…………."

아니, 류토는 고개를 가로저었다.

"너만을…… 위한 거야."

어째서일까.

가슴이 무척…… 두근거렸다. 그와 동시에 하복부에 뜨거운 열기를 느꼈다.

뭘까 이것은…… 이 마음은…….

그와 함께 "아아" 하고, 나는 깨달았다.

그 순간 나의 마음을 채우고 있던 우울과 의문 모두가 커다란 바람에 날아간 것처럼 흩어지는 것이 느껴졌다.

그렇다.

나는 힘을 받았다.

하지만 힘을 가진 것은 결코 나뿐만이 아니다.

류토는…… 마을사람이라는 범위 내에서 농작물 재배라는 스킬──힘을 갖고 있다.

전사로서의 힘…… 나와는 다르지만, 각자 주어진 역할이 다르다는 것, 단지 그것뿐이다.

그래, 류토는 마을사람으로서의 역할, 흙을 다루는 농민으로서 더할 나위 없는 재능을 갖고 있다.

그리고 이 녀석은 그 힘으로…… 음울했던 내 마음의 검은 구름을 단숨에 없애주었다.

그렇기에 나는 뒤늦게 깨달을 수 있었다.

──나의 힘을 쓰는 방법.

　　나의 힘, 싸우는 힘, 용사의 힘.
　　그것은 무엇을 위한 힘인가?
　　대답은 정해져 있다.

　　──소중한 것을 불합리한 폭력으로부터 지키기 위한 힘이다.

　　류토는 류토의 방식으로 사람을 행복하게 해줄 수 있고, 나는 나의 방식으로 사람을 행복하게 해줄 수 있다.
　　그것은 평범한 사람에게는 불가능한── 나밖에 할 수 없는 일.
　　그렇다면 할 수 있는 것이 아니라, 하지 않으면 안 될 일이다.
　　"……고마워, 류토."
　　"응? 왜 그래?"
　　"후련해졌어, 여러모로…… 말이야."
　　"후련해졌다고?"
　　하하 웃으며 나는 이렇게 말했다.
　　"설명하자니 귀찮지만……나── 열심히 할 테니까."
　　"영문을 모르겠네, 진짜."
　　응, 하고 대답하며 주먹을 쥔 오른손으로 자신의 가슴을 툭 두드렸다.
　　그렇게 나, 코델리아=올스톤은 맹세했다.

누구에게도 아닌, 나 자신의 마음에 강하게 다짐했다.

이 녀석만은⋯⋯ 그리고 이 녀석과 나를 키워준 우리 마을만은⋯⋯ 나아가 이 나라와 대지와 사람들을⋯⋯ 무슨 일이 있어도 내가 지킨다.

각오는 되었다.

그래.

이것이 내가 사는 길.

──그리고 이틀 뒤.

우리 마을에 고블린 군세가 나타나는 날이 밝았다.

──튜토리얼 때⋯⋯ 그날, 나는 그 자리에 그저 우뚝 서서 상처 입는 코델리아를 볼 수밖에 없었다.

고블린들이 우리 마을을 습격한 까닭은 단순히 식량이 부족해서 약탈을 하려고 했다⋯⋯ 그런 이유였으리라.

⋯⋯아무튼.

코델리아에게는 이미 용사로서 신탁이 내려와 있었다.

그러나 그녀는 열두 살이었다.

분명 직업 적성이 용사이므로, 앞으로 괴물급으로 성장할 터였다.

지금 스테이터스도 보통사람과 비교하면, 확실히 대단했다.

하지만⋯⋯ 그녀는 아직 스테이터스를 보아도 본격적인 성장을 하기 전인 열두 살이었다.

그 시점에서의 실력을 말하자면, 모험가 길드에서 과거의 영광을 안주 삼아 술주정을 부리는 중년 베테랑이 다소 나을 정도였다.

고블린의 수는 아마…… 천을 넘었을 것이다.

──압도적인 다수 대 열세.

그 와중에 어른들은 마을 교회에 숨어 그저 떨고 있을 뿐이었다.

상대는 기껏해야 잔챙이 취급을 받는…… 고블린이다.

주위 마을에도 연락해서…… 어른들이 모두 나가 괭이와 가래로 응전하며, 코델리아를 다 같이 도왔다면…… 어쩌면 마을 전체의 힘으로 고블린을 쫓아낼 수 있었을지도 모른다.

──하지만 어른들은 그런 선택을 하지 않았다.

그저 용사라 신탁이 내려졌을 뿐인 열두 살 소녀에게 모든 것을 맡기고, 자신들은 앞 다투어 안전한 장소에 숨었다.

그렇게 무수한 시체 속에서 날이 망가지고 질척거리는 검을 한 손에 들고 그녀는 용맹하게 싸웠다.

그녀의 신체 능력이라면, 고블린 군세로부터 도망칠 수도 있었다.

그러나 그녀는 그렇게 하지 않았다.

건물 뒷골목. 등 뒤는 벽.

바보같이 그녀는…… 숫자의 폭력에 밀려 엉망진창이 되면서도, 그녀의 등 뒤에서 떠는 소년을 지켰다.

──그래, 그 소년이란…… 뒤늦게 도망치려던 나를 말한다.

울어도 아무도 도우러 와주지 않았다.

싸우려고 해도 싸울 기술이 없었다.

그저 눈앞에서 코델리아가 상처를 입어나갔다.

몇 번이고 그녀는 내 쪽을 보며, 이렇게 말해주었다.

"류토?! 살아 있어?! 괜찮으니까…… 내가 있으니까! 이런 놈들 전부 해치울 테니까……! 무슨 일이 있으면 바로 구하러 갈 테니까…… 큰소리로 나를 불러!"

그러는 그녀도 온몸에서 피를 흘렸고, 얼굴이 창백했다.

나는 무사했다.

솔직히 그 사실이 가장…… 괴로웠다.

그렇다. 나는…… 코델리아를 구하기는커녕, 싸움터에조차…… 애초에 서질 못했다.

──무력한 죄를 그때, 나는 처음으로 깨달았다.

무수하게 펼쳐진 참격.

그리고 참극.

튀는 피와 자신의 피로 코델리아의 머리카락이 더욱 새빨갛게 물들었다.

역시 압도적으로 전력 차이가 났다.

슬슬 힘이 부친 그녀가 한쪽 무릎을 꿇었다.

그녀를 둘러싸고 있던 고블린들이 포위망을 점차 좁혔다.

아슬아슬한 상태에서 그녀가 고블린과 싸우고 있었으나, 결국 한계를 맞이했다.

고블린의 창을 그대로 맞았다.

그리고…… 오른손에 평생 남을 정도의 깊은 상처를 입고, 그 자리에 쓰러졌다.

이제 농락당하여 죽는 일만 남았다고 생각한 그때──.

──용이 나타났다.

그렇게 나와 코델리아는 용에게 도움을 받게 된다.

이것이 지난 역사이다.

그리고 이번에…… 용은 나를 구한 다음, 그대로 용의 거주지에 나를 데리고 돌아가도록 되어 있다.

따라서 나는 가능한 한 지난 역사를 따라 일을 진행해야 한다.

괜히 내가 힘을 빌려줘서, 코델리아와 내가 고블린 군세를 몰아내고 만다면…… 용이 오지 않을지도 모른다.

──솔직히 그래서는 곤란하다.

따라서 나는 이번…… 고블린 습격 때 뒤늦게 도망치는 척을 했다.

그리고 건물에 둘러싸인 골목으로 들어갔다.

고블린에게 포위된 나의 위기에 짠 것처럼 빨간 머리를 휘날리며 코델리아가 나타났다.

그 다음 일은 솔직히 지난번의 반복이란 느낌이었다.

달려드는 고블린 군세를 코델리아가 엄청난 기세로 해치워나갔다.

하지만 전투에 익숙하지 않은 그녀는 페이스 배분을 하지 못하여 서서히 스테미너와 MP가 떨어져갔다.

지금 나라면 정확히 알 수 있다.

──움직임에 군더더기가 너무 많다. 신체 능력 강화를 너무 무턱대고 썼다. 나와 달리 코델리아의 MP는 유한하니까…… 다수를 상대하는 이런 장기전이라면 절약을 해야지…….

빠득빠득 이를 갈면서도, 그녀를 도울 수 없었다.

왜냐하면 내가 돕지 않아도 그녀는 절대 죽지 않는다는 사실을 알고 있기 때문이다.

그래, 다소 부상은 입지만…… 그럼에도 죽지는 않는다.

섣불리 손을 대 역사를 바꾸고 마는 쪽이 훨씬 번거롭다.

"꺅……."

코델리아의 볼에 고블린의 창끝이 스쳤다.

살짝 피가 난 코델리아가 절규했다.

"이야아아아아아압!!"

고블린의 복부에서 검이 번뜩였다.

배가 쭉 찢어진 고블린은 장기를 쏟아내며 쓰러졌다.

그녀가 검을 휘두른다.

고블린이 쓰러진다.

그녀가 검을 휘두른다.

고블린이 쓰러진다.

그녀가 검을 휘두른다.

고블린이 쓰러지고, 그녀의 등 뒤에서 화살이 날아왔다.

간발의 차로 직격을 피했으나, 그녀의 몸에 다시 상처가 하나 생겼다.

전투가 시작된 지 어느 정도 시간이 흘렀을까.

지난번과 마찬가지로 이미 그녀는 만신창이였다.

거칠게 숨을 몰아쉬며, 그녀는 골목 구석에서 사태를 그저 바라보고 있는 나에게 외쳤다.

"류토?! 살아 있지?! 괜찮으니까…… 내가 있으니까! 이런 놈들 전부 해치울 테니까……! 무슨 일이 있으면 바로 구하러 갈 테니까…… 큰 소리로 나를 불러!"

그렇게 말하는 그녀는 역시 온몸에서 피를 흘렸고, 얼굴은 창백했다.

또 지난번과 마찬가지로 나는 무사했다.

그리고── 무수히 펼쳐지는 참격. 그리고 참극.

튀는 피와 자신의 피로 코델리아의 빨간 머리가 더욱 새빨갛게 물들었다.

역시 압도적인 전력 차이.

드디어 스테미너…… 아니, 정확히는 MP가 고갈되었다.

MP 고갈 상태에 빠진 그녀는 전투불능이 되어 한쪽 무릎을 꿇었다.

그녀를 둘러싸고 있던 고블린들이 포위망을 점점 좁혔다.

이대로 놔두면, 코델리아는 깊은 상처를 입지만…… 몇 분이면 용이 구하러 온다.

따라서 나는 이를 악물며 그저 그 광경을 필사적으로 참아냈다.

──이러면 돼.

여기서 괜히 내가 역사를 바꿔버려서…… 용이 구하러 오지 않는다면 큰일이다.

그때 코델리아가 입은 상처는 그리 심각한 것은 아니다. 엄청난 양의 피는 흘렸지만…… 목숨에 지장은 없었다.

그렇다면 괜찮다.

그때 한 마리 고블린이 코델리아의 오른쪽 대각선 앞에서 튀어나왔다.

저것은…….

그래, 저것은 잊을 수도 없는── 코델리아의 오른손에 평생남을 상처를 입힌 망할 놈이다.

입술을 깨물자 비릿한 맛이 느껴졌다.

──이대로 가면 된다. 코델리아는 죽지 않는다.

하지만…….

저 녀석…… 이때의 상처…… 앞으로 입을 큰 부상── 흉터를 보이는 것이 신경 쓰여, 여름에도 긴팔이었지.

무릎을 꿇고 있는 단 한 명의 소녀.

어른들에게 버려지고 고군분투하는 그녀의 심경을 생각했다.

멋대로 용사가 되고, 칭송받다가…… 목숨을 걸도록 내보내진.

그리고 지금, 과다출혈과 MP 고갈로 움직이는 것조차 마음대로 되지 않는다.

그렇게 생각하자 그녀의 등이 매우 애처롭게 보였다.

──그것은 열두 살 소녀의── 당연하게도 작고 작은 등으로 보였다.

무엇을 위해 나는 강해지려고 했는지 자문했다.

영웅이 되기 위해?

──확실히 그것도 있을 것이다.

코델리아가 이끄는 용사 일행의 멤버가 되기 위해?

──확실히 그것도 있을 것이다.

하지만 그렇지 않다. 내가 정말 하고 싶은 것은 그것이 아니다. 그런 일이 아니다.

내가 정말 하고 싶은 일은──.

──그녀의 옆에 서서, 대등한 관계를 쌓고…… 또한 그녀를 지킬 수 있는 사람이 되는 것이다.

어느새 나의 몸이 멋대로 움직였다.

──스킬: 신체 능력 강화 발동.

──스킬: 강체술 발동.

──스킬: 귀문법 발동.

무엇을 위해…… 나는 묵묵히 실력을 키워왔을까? 지금, 이 순간을 위해서잖아?

──그렇잖아? 류토=맥클레인?

──아니, 이지마 류토!

나는 자문하며 쓴웃음을 지었다.

"그래, 틀림없어!"

그리고 나는 코델리아에게 달려들려는 고블린의 머리를 잡았다.

"이봐, 너…… 누구에게 손을 대려는 거야?"

그대로 고블린의 명치에 보디 블로를 넣었다.

흐갹 하는 높은 괴성과 함께 고블린이 위액을 토해내고는 그 자리에 쓰러져 괴로워했다.

──저질러버렸다.

하지만 이것으로 됐다는 생각이 들었다.

여기서 내가 고블린 무리를 해치울 경우, 용은 나타나지 않을지도 모른다.

그러나 코델리아를 여기서 울리게 되면── 그것은 본말이 전도된 격이다.

하지만 이것으로 됐다.

"저기 코델리아? 잘도 혼자서 여기까지 노력했구나…… 이 뒤는 나에게 맡겨."

"류토……? 너…… 고블린과 싸울 셈이야? 마을사람에…… 어린애인 네가?"

나는 코델리아의 검을 빼앗아 들었다.

"분명 나는 마을사람이야."

"도망쳐…… 괜찮으니까! 나를 버리고 가도 되니까…… 너만이라도 도망쳐!"

"괜찮아."

"하지만 넌 마을사람이고……."

"나는 마을사람이야. 하지만 평범한 마을사람이 아니야."

"…………?"

"나는——지상 최강의 마을사람이다!"

주위 고블린 모두를 노려보았다.

"이렇게 된 이상 한 마리도 놓칠 수 없겠는데? 자, 아까도 물었지만…… 너희 말이야? 몰려들어서…… 누구 허락을 받고…… 코델리아를 건드리려는 거야?"

검을 들었다.

나의 정면에는 고블린 집단……그 숫자는 대략 5백 정도일까.

예전의 나라면 힘이 빠져서, 그저 떨고 있을 수밖에 없었을 것이다.

그러나 지금 나는 예전의 내가 아니다.

두 번째의…… 이 12년간을 허투로 보내지 않았다.

——깜짝 놀랄 만큼 진다는 생각이 안 들어.

그리고 등 뒤에는 움직이지 못하는 코델리아…… 입장이 지금 여기서 역전되었다.

그 사실을 깨닫고 나는 힘껏 목소리를 높였다.

"──자…… 한꺼번에 덤벼!"

인사 대신 가까이에 있던 고블린을 공격했다.

치즈 케이크에 나이프를 넣은 것처럼 배가 쭉 갈라지며, 내장이 빠져나왔다.

──귀문법 출력 증대……!

나의 몸에서 붉은 빛의 투기가 흘러나왔다.

그리고 가속.

마치 슬로우 모션처럼 배경이 움직였다.

검을 휘둘렀다.

고블린의 내장이 쏟아져 나왔다.

더욱 가속── 검을 휘둘렀다.

찢어진 걸레처럼 고블린들이 시체가 되어갔다.

벤다.

공격을 피한다. 고블린의 몸을 찢는다.

벤다. 피한다. 찢는다.

벤다. 가른다. 찢는다.

──무수한 공방의 선택지 속에서 최선의 방법을 계속 택했다.

하나라도 실수하면 숫자의 힘에 밀리고 말 것이다.

그때 코델리아에게 덤벼들려는 고블린이 눈에 들어왔다.

서둘러 나는 그녀에게 달려갔다.

잡념과 초조함이 최선의 방법을 잘못 고르게 했다.

어깨에 화살이 꽂혔다. 동시에 등 뒤에서 고블린의 창이 머리를 향해 날아들었다.

돌아보지도 않고 목을 움직여 창을 피했다.

볼을 스치며 상처에서 피가 한 줄기―― 그리고 등 뒤를 향해 검을 휘둘렀다. 바로 고블린이 쓰러지는 소리.

쯧 하고 혀를 차며 화살을 뽑았다.

――누군가를 지키면서 싸우기란 정말 어렵다. 아니…… 코델리아도 또한 나를 지키면서…….

가속. 가속. 더욱 가속―― 최대 출력.

벤다. 피한다. 찢는다.

벤다. 가른다. 찢는다.

――어느새 나는 생각하기를 멈췄다.

고블린의 숫자는 여전히 4백이 넘었다.

숫자 차이가 너무 난다.

생각을 해서는 뒤처지게 된다.

그래.

생각한 다음 움직이지 않고―― 반사적으로 움직였다.

최근 몇 년, 버나드 씨에게 가르침을 받으며…… 몇 만, 몇 십만 번을 반복한 검술의 기초적인 형식대로 몸을 반사적으로 움직여나갔다.

튀는 피를 온몸에 맞으며, 눈을 뜨는 것도…… 피를 닦는 것조차 마음대로 하지 못했다.

무수하게 날이 빠진 데다, 피와 지방으로 엉망이 된 코델리아의 검.

이 검은 쓸모가 없다고 판단하고, 고블린의 사체가 쥐고 있던 창을 빼앗았다.

가속. 가속. 한계를 넘어서—— 가속.

생각도…… 육체도…… 모두 가속시켰다.

젖산이 축적되어갔다.

서서히 팔이 무거워지고, 발이 말을 듣지 않기 시작했다.

무릎이 떨리다 완전히 발이 멈췄을 때, 나는 한숨을 내쉬었다.

이것은 신체 강화와 관련된 술식에 따른 MP 고갈이 아니다.

——단순히 스테미너가 떨어진 것이다.

이것이 실전인가…… 하고 숨을 죽였다. MP가 떨어진 코델리아를 이래서는 웃지 못하겠다.

구사하는 육체가 비명을 지르며, 쿵쾅, 쿵쾅, 쿵쾅—— 심장이 크게 뛰었다.

크게, 크게, 심호흡.

위험한 상황에서 엄청난 힘이 발휘된다고 하듯이…… 어떻게든 아직 몸이 움직여주었다.

다리가…… 움직였다.

그러나 자동차에 비유하자면 휘발유 램프가 빨갛게 빛나는 중이다.

당연히 오래 버티지 못한다.

찌른다. 피한다. 찢는다.

찌른다. 가른다. 찢는다.

찌른다. 피한다. 찢는다.

찌른다. 가른다. 찢는다.

어느새 주위 풍경조차 보이지 않게 되었다.

찌른다. 피한다. 찢는다.

찌른다. 가른다. 찢는다.

찌른다. 피한다. 찢는다.

찌른다. 가른다. 찢는다.

정신이 드니 주위에 꿈틀거리는 마물의 기척이 완전히 사라져 있었다.

고블린에게서 빼앗은 창으로 지탱하며, 온몸으로 숨을 쉬며 하늘을 올려다보았다.

그때 뒤에서 목소리가 들렸다.

"류토……? 너…… 정말 류토야?"

떨리는 목소리로 코델리아가 나에게 물어왔다.

"……그게 아니면 뭐라는 거야."

"하지만 넌 마을사람이고…….."

그녀의 시선 끝에는 쌓여진 시체더미의 산.

반은 코델리아가 만들어낸 것이고, 나머지 반은 내가 만든 것이다.

"그러니까 말했잖아…… 나는 마을사람 중에서는…… 최강에 가깝다고."

쓴웃음을 지으며 대답한 나에게 코델리아는 납득이 가지 않는다는 듯 볼을 부풀렸다.

"……아마 너, 앞으로 1백 마리 정도는 더 잡을 수 있었지?"

잠시 생각한 뒤, 나는 동의했다.

MP는 아직 10분의 1도 소비하지 않았다.

"용사보다도 강한 마을사람이라니…… 너…… 어떤 마술을……?"

마술인가…… 나는 어깨를 으쓱했다.

"확실히 마술이네. 사실 비법도 있고, 조작도 있으니까."

"…………?"

코델리아가 고개를 갸웃하는 사이, 나는 등 뒤에서 압도적인 중압감을 느꼈다.

나의 뒤에 있는 존재를 발견한 그녀의 표정이 점점 새파랗게 질렸다.

"아무래도 마중을 온 모양이네."

"……앗……앗……아……아아앗……."

입을 뻐끔거리는 그녀의 시선 끝.

나는 뒤를 돌아보았다.

"헤헷…… 너무 늦게 온 거 아냐? 나 혼자서…… 정리해버리고 말았다고?"

그곳에 있던 것은 그저 엄청나게 거대한 진홍색 드래곤이었다.

길이가 15미터는 될 법한 거대한 몸을 보며 지난번에는 말문이 막혔었다.

"사명을 띤…… 신탁이 내린 작은 자의 위기── 상황을 보러

왔더니…… 이것이 대체 어떻게 된 일이냐……?"

용이 이상하다는 듯 나를 바라보았다.

"마음을 읽어. 그게 제일 빨라."

용은 눈을 가늘게 뜨고는 경악한 표정을 지었다.

"성가신 언질을 받고 말았군…… 이래서는 용의 거주지에 데리고 돌아가지 않을 수 없지 않나."

나는 무심코 웃음을 터뜨렸다.

"정말 대사가 똑같은데?"

용도 역시 크게 웃더니, 이렇게 말했다.

"용은…… 거짓말을 하지 않으니까."

"그럼 데리고 가줄 거지?"

용과 서로 고개를 끄덕이고, 나는 용을 향해 걸어갔다.

그때 뒤에서 코델리아의 목소리가 들렸다.

"……류토? 어디로…… 너…… 어디로 갈 셈이야?"

"용의 마을이야. 몇 년은 돌아오지 않아."

"……………용의…… 마을?"

어깨를 으쓱하며 대답했다.

"나의 강함에는 비결이 있어. 실제로 비법도, 조작도 있고…… 노력의 결과…… 이렇게 됐지."

"……어째서…… 용의 마을에……?"

"너는 용사야. 지금은 내가 더 강할지도 모르지만, 이대로는 1년만 지나도 금세 따라잡히겠지…… 그렇기 때문이야."

그러자 코델리아가 눈을 내리깔았다.

"……네가 상식에서 벗어난 정체를 알 수 없는 존재가 되었다는 사실은…… 이만한 숫자의 고블린 시체를 보면 싫어도 알 수 있어………… 내가 모르는 곳에서 멋대로 노력하고…… 괴물처럼 멋대로 강해져서…… 마을사람인 주제에 용사를 돕기나 하고…… 그러더니 몇 년이나 멋대로 마을에서 나간다고?"

"필요한 일이야. 평범한 사람이 너와 어깨를 나란히 하려면…… 필요한 일이야."

"그야 그렇겠지! 마을사람이 용사보다도 강해지다니, 예사롭지 않은 노력과 방법을 구사해왔겠지! 내가 모르는 사이에…… 멋대로…… 남몰래 무리를 해왔겠지! 마음에 안 들어…… 나를 속이고 그런 짓을 했다는 게 정말 마음에 안 들어!"

"아니…… 마음에 안 든다고 해도……."

"애초에 나와 어깨를 나란히 한다니…… 그렇게 안 해도 되잖아? 너는 마을사람이고, 나는 용사고…… 내가 널 지키면 되잖아? 힘들게 노력하지 않아도 되잖아?"

"아니, 그래도 넌……."

그녀가 그 자리에서 발을 굴렀다.

"……싫어…… 전부 다 말하게 할 참이야?"

"싫다? 무슨 소리야?"

"절대…… 그것만은 싫어……."

"싫다고? 대체 뭐가?"

울먹이며 그녀가 외쳤다.

"류토와 몇 년이나 만나지 못하다니…… 정말 싫다는 거잖아!

거기에 내 의사는 없잖아! 멋대로 정해봐야 나는 당황스럽다는 거잖아!"

아아…… 역시 이 녀석 성가시네…… 옛날부터…… 정말 성가시다.

그보다 내가 용을 따라갈지 여부는 내 자유의사지 네 허가는 필요 없을 텐데.

휴우…… 나는 한숨을 내쉬었다.

"……작별 인사는 하지 않을게."

나는 코델리아에게 걸어갔다.

"──반드시 돌아올 테니까."

그리고 그녀를 부드럽게 끌어안았다.

"……………응?"

눈을 크게 뜬 그녀는 사르륵 풀어진 표정을 보였다.

그러고는 힘이 빠진 듯이 그 자리에 쓰러지며 풀썩 주저앉았다.

좋아. 나는 그녀의 머리를 톡톡 두드리듯이 쓰다듬고, 코델리아에게 마지막 말을 보냈다.

"간다!"

지난번, 폭포에 떨어지기 직전에도 코델리아에게 같은 말을 보내고 헤어졌다.

여러 가지 감정이 나의 가슴에 휘몰아쳤으나, 나는 용에게 달려가며 신체 능력 강화를 발동시켰다.

그리고 도약하여 용의 등에 탔다.

"작별 인사는…… 그걸로 됐나?"

그렇게 묻는 용에게 겸연쩍은 표정을 지으며 대답했다.

"반드시 돌아간다고 했어. 그러니 괜찮아. 지금 이 헤어짐은…… 결코 이번 생의 헤어짐이 아니야."

"실제로 몇 년은 돌아가지 못할 텐데?"

"언젠가 돌아가…… 반드시 돌아갈 거야. 그러니 이걸로 됐어."

진홍색 용이 날개를 펼치고 도약했다.

비상.

날갯짓을 하며, 점점 고도를 높였다.

밑에서 코델리아의 목소리가 들렸다.

"바보! 류토는 바보야! 뭐든지 혼자서 멋대로 정하지 말란 말이야…… 이…… 바보야!!! 돌아와도 절대 상대해주지 않을 테니까!"

정말 어릴 때와 변함이 없구나…….

코델리아의 모습이 콩알처럼 되고, 마을 크기도 점점 작아졌다.

그렇게 엄청난 기세로 눈 밑의 경치가 흘러가기 시작했다.

정말…… 변함이 없구나. 옛날부터 계속…….

"반드시…… 강해져서, 누구보다도 강해져서…… 돌아올 테니까. 너를…… 그리고 네가 짊어지게 된 세계를 지켜야 하는 사명

을…… 내가 전부 대신 짊어질 수 있을 정도로 누구보다 강해져서…….”

그러며 나는 하늘을 올려다보며 포효했다.

“누가 상대라도, 어떤 일이 기다리고 있더라도…… 나는 반드시 해내겠어!”

그런 류토의 기합이 담긴 외침에 대답하듯이, 용도 다시 힘차게 날개를 펼치고 공기를 때렸다.

마치 류토의 마음이 하늘을 달리는 속도로 변한 것처럼, 아래로 흐르는 경치가 맹렬한 속도로 달라져갔다.

순식간에 류토와 용은 작은 촌락에서 날아가 사라졌고, 그리고──.

──평범한 마을사람에 의한 최강 전설이 시작되었다.

용의 마을에서 쑥쑥 강해진다!

"I am a villager, what about it?"
Story by Arata Shiraishi, Illustration by Famy Siraso

"……다신 오지 않는 게 좋아."

평탄한 목소리였다.

어깨에 닿을 정도의 쇼트커트, 비취색 눈동자가 인상 깊다.

흰색 로브를 걸치고, 색소가 옅은 파란 머리.

하늘색이라는 표현이 가장 가까울까…… 아무튼 흰색 로브의 소녀는 입을 열자마자 그렇게 대답했다.

"그러니까 나는 용왕과 만나야 한다니까."

지금 내가 있는 장소는 용왕의 대도서관.

접수처에 앉은 하늘색 머리의 여자는…… 이곳의 사서라고 한다.

참고로 나이는 겉보기에는 나와 비슷한 정도로 열두 살쯤일까…… 사서로서는 무척 어리게 보였다.

용의 마을.

대륙 중앙 대삼림지대의 깊은 곳에 위치한 비경.

도시는 험한 산맥을 벗어난 킬라고원에 있었다.

길을 낸 산맥에 늘어선 갖가지 석조 건축물.

지구의 고대 잉카제국의 고지 도시 유적인 마추픽추라고 비유하면 비슷한 느낌일까.

용의 마을이라고 할 정도니까 하나부터 열까지 용의 사이즈에 맞춰 커다란 크기를 상상하였으나, 실제로는 전혀 달랐다.

마을 안에서 용은 모두 인화법에 따라 인간 크기가 되어 있었다.

이유는 건물을 만들 필요가 있으므로, 그쪽이 더 효율적이라는 뻔한 내용이다.

참고로 대도서관만은 그렇지도 않은지, 그저 어마어마하게 넓었다.

어느 정도냐면 안쪽과 좌우 넓이가 짐작도 되지 않는다.

미로처럼 책장과 통로가 교차하고 있어서, 내부에서는 그 구조를 전혀 알 수 없다.

그렇다면 외부에서 넓이를 추측할 수밖에 없다.

그러나 이 시설은 용왕의 성의 일부이므로, 어디부터가 성이고 어디부터 도서관인지도 잘 모르겠다.

결과적으로 그저 어마어마하게 넓다는 애매한 표현을 써야 한다.

"용왕님이야…… 님을 붙이지 못하겠느냐…… 이 바보 같은 놈!"

무서운 얼굴로 그렇게 말하는 턱수염이 난 멋진 중년.

보통 인간과는 달리 손발의 군데군데가 빨간색 비늘로 덮여 있고…… 뭐, 나를 이곳에 데려온 것이 이 아저씨다.

"아, 그랬지…… 용왕님……이었지."

다시 고쳐 말하자 아저씨는 만족스럽게 고개를 끄덕였다.

"……스테이터스 표를 어서 건네줘. 나에게는 달리 일이 있으니."

무표정하면서도 나른하게 말하는…… 아니, 나와 만난 뒤로 이 사서는 포커페이스를 유지하고 있다.

눈썹 하나 까딱하지 않는다고 해도 좋을 정도로, 기계적이라고

나 할까, 사무적인 대응에도 정도가 있다고나 할까, 그런 인상을 받았다.

"그러니까 나는 용왕님과 만나야 한다고, 여기가 접수처잖아?"

사서는 역시 무표정하게 고개를 끄덕였다.

"……여기는 대도서관이기도 하고, 왕궁에 용건을 전하는 가장 첫 창구…… 그리고 나가 신족을 이끄는 용왕님은 바쁘셔. 선택된 자밖에 만날 수 없어."

"너도 참 말이 안 통하네…… 그걸 어떻게든 해달라고 부탁하는 거잖아. 나에게는 시간이 없어."

"……'너'가 아니야."

"응?"

"……나는 릴리스. 부모님이 지어준 이름이 있어."

그제야 처음으로 불쾌한 듯 눈썹을 찡그리며 릴리스가 말했다.

"아, 미안해……."

다소 나도 억지를 부렸다. 지금은 반성해두자.

그러나 용왕을 만나지 못하면 용의 가호를 받을 수 없다. 그렇다면…… 나는 당분간 레벨 업을 하지 못한다는 뜻이 된다.

고블린을 그만큼 성대하게 잡았으나, 나의 레벨은 여전히 1이다.

사실 나 자신이 경험치 획득을 거부했지만…….

"……음."

릴리스는 표정을 다시 무표정하게 만들며, 나에게 손을 내밀었

다.

순순히 나도 스테이터스 표를 건넸다.

고개를 끄덕이자, 그녀는 책상 밑에서 수정 구슬을 꺼내, 나른하며 평탄한 어조로 말했다.

"……주민등록을 개시한다. 용의 마을 체재 자격…… 나가 신족…… 적룡의 신분 보장……."

용의 마을에 거주하기 위해서는 신분을 보장해줄 사람이 필요하다.

기본적으로 용이라는 종족은 인간을 싫어한다……고나 할까, 힘이 없는 자의 존재를 가볍게 보는 경향이 있다.

긍지 높고 고귀한 종족임을 스스로 인정하며, 그들에게 땅을 기어다니는 약자란 조소의 대상이자, 되도록 얽히기를 피하고 싶은 존재였다.

그러나 용족은 무차별적인 살해나 폭력을 즐기지 않고, 그 성질은 고고하다는 말이 가장 가깝다.

그러한 이유로 용족의 생태는…… 비경에서 고고하게 단독으로 살던가, 혹은 이 마을에서 서로 인정한 강자끼리 무리를 짓던가…… 하는 것이다.

당연히 여기는 보통 인간이 사는 것이 허락된 토지가 아니다.

단, 예외가 있다.

자신들과 같은 용이 "신분을 보증해도 괜찮은 존재임을 인정한" 인간이라면, 그 용 자신이 지닌 힘에 대한 신용을 담보로 하여, 특별히 그 체재가 허락되었다.

내가 여기에 체재할 수 있는 까닭은 적룡 아저씨가 멋진 중년인 덕분에…… 뭐, 그렇게 되었다.

"그런데 어떻게 해도 용왕님과는 만날 수 없어?"

"……집요하게 굴지 마. 나가 신족은 긍지 높은 종족. 나를 포함한 인간이 이 마을에 머물 수 있는 것 자체가 기적."

"릴리스 씨도 인간이었구나?"

자세히 보니 로브에서 엿보이는 피부에는 비늘이 보이지 않았다.

"……그래."

"그럼 반대로 묻겠는데, 어떻게 하면 용왕님과 만날 수 있어?"

설명하기가 귀찮다는 듯 릴리스가 가볍게 한숨을 내쉬었다.

"……무엇을 위해 스테이터스 표를 받아서, 너의 수치를 등록하려고 하는 것 같아?"

"무슨 뜻이야?"

"……나가 신족은 정말 긍지가 높아. 아무리 네가 신분을 보장받고 있다고 해도…… 당연히 제약을 받아."

"그 말은?"

"……그 제약의 정도를 지금부터 측정할 거야. 그리고 여기에 체재하는 동안 너는 팔찌를 착용해야 해."

그렇게 말하며 릴리스가 자신의 손목에 채우고 있던 하얀 팔찌를 가리켰다.

"뭐야 그 팔찌는?"

"……측정 결과, 랭크에 따라 지급되는 팔찌."

릴리스가 자신의 팔찌에 새겨진 금색 선을 가리켰다.

"……금색 선은 랭크에 따라 한 개부터 다섯 개까지 있어. 다섯 개가 되면 인간이면서 용과 완전히 대등한 권리를 받게 돼. 그런데…… 한 개라면 인권은 거의 인정되지 않아."

참고로 릴리스의 금색 선은 세 개였다.

"……네가 약하면 약할수록 제약은 커지고…… 금색 선이 하나일 경우, 다른 용과 대화를 하는 것은 무례이므로…… 단지 그것만으로 살해당해도 불평하지 못해. 그밖에도 건물에 입실 제한이나 때에 따라 외출 시간이 제한되기도 해."

"…………그렇구나."

"……용왕님과 만나지 못하는 일도 역시 그 제한 중 하나. 너의 힘에 따라 만날 수 있는 용의 랭크가 달라져…… 그런 거야."

흠, 나는 턱에 손을 댔다.

과연, 힘에 따른 완전한 계급사회가 형성되어 있는 모양이다.

긍지가 높다고나 할까, 고고하다고나 할까…… 뭐, 편향된 사고방식을 지닌 종족이라고 들었으나…….

"용왕님과 만나려면 어느 정도의 스테이터스가 필요한데?"

"……그 조건은 까다로워. 금색 선이 다섯 개…… HP와 MP 어느 쪽이든 1만을 넘는 것이 조건. 인간이라면 A랭크 모험가라 불리는 수준이라…… 무척 어려워."

그렇구나, 나는 고개를 끄덕였다.

"그걸 먼저 말해줘야지."

의아해하며 고개를 갸웃한 릴리스가 나의 스테이터스 표에 처음으로 눈길을 주었다.

"……이게 뭐야…… 아니…… 하지만…… 이건…….."

곧바로 무언가를 생각하기 시작했다.

"…………용왕님과의 알현 예약이 잡혔어. 앞으로 두 시간 후…… 알현장으로 가면 돼."

"뭐?"

놀란 쪽은 적룡 아저씨였다.

"사서? 무슨 말을 하는 거냐, 너는? 용왕님과 알현 예약이라 니……."

릴리스가 고개를 좌우로 휘휘 저으며, 무표정하게 스테이터스 표를 적룡 아저씨에게 내밀었다.

그러자 적룡 아저씨가 경악한 표정을 지었다.

"……믿기지가 않아…… 너는 대체……?"

아니아니아니아니!

오히려 내가 놀랐다.

"아니, 당신은 놀라지 않아도 되잖아? 내 마음과 기억을 읽은 거 아니었나."

사서가 무표정한데, 아저씨가 놀라면 어떡해.

아저씨는 어깨를 으쓱하며 이렇게 말했다.

"나는…… 마음과 기억에서 허락된 곳만 읽었다. 사정은 대체로 알았으니 그대를 여기로 데려왔으나…… 그대의 세 번째 인생에서 무슨 일이 일어났고…… 지금 그대가 어떤 스테이터스가 되었는지는 내가 알지 못해."

"무슨 뜻이야?"

"……마음에 마력 장벽이 있어서, 이상하다고 생각했다."

"마력 장벽?"

후우…… 하고 어처구니가 없다는 표정을 짓고, 아저씨가 대답했다.

"마력 수치가 2천을 넘어서…… 정말 믿기지 않지만, 용왕님조차 너의 기억을 읽기란 어렵겠지."

흠.

그럭저럭 눈치는 챘으나, 나는 역시 너무 성장한 모양이다.

"바꾸어 말하면 환각이나 혼란, 매료와 석화…… 정신계 마법을 너에게 유효하게 구사하기란 매우 어렵다는 뜻이다."

그건 다행이다.

상태이상 계열에 대한 대책으로 이것저것 스킬을 얻으려고 했는데……그럴 수고를 덜어낸 듯하다.

"……용왕님과의 알현……인가…… 인간이…… 알현…………이런 드문 일이 언제 이후인가……."

아저씨에게는 여러모로 생각나는 점이 있는가보다.

뭐, 그건 그렇고…… 나는 당당하게 웃었다.

——아무래도 용의 마을에서도…… 가장 빠른 속도로 강화할 수 있을 것 같다.

한 면이 모두 대리석으로 된 바닥에 푹신푹신한 짙은 빨간색의 양탄자가 깔려 있다.

벽면을 장식한 그림과 천장의 샹들리에는 본 순간 눈이 튀어나올 정도로 고가임을 알 수 있는 물건이었다.

수백 명 규모의 큰 연회를 열 수 있을 법한 넓은 방, 나와 용 아저씨가 절하고 있었다.

우리 머리 앞으로 몇 미터 뒤에는 용왕이 앉아 있다.

입실과 동시에 옥좌에 앉은 남자의 모습이 언뜻 보였다.

그것은…… 용왕이라고 하기에는 다소 젊은 20대 초반으로 보이는 남자였다.

아니…… 그저 젊은 것만이 아니다.

"고개를 들어도 좋아. 그런 식으로 황송해하면, 이쪽도 긴장되기 마련이거든."

묘하게 높은 목소리에 가벼운 느낌의 어조.

고개를 들자, 그곳에는 역시 엄청난 미남이 있었다.

검은 정장에 보라색이 들어간 셔츠.

은발과 금발의 부조화…… 심지어 긴 머리.

"그 복장은……?"

"마력 장벽이 쳐지지 않은 부분의 기억…… 읽어봤지만…… 너라면 아마…… 나의 센스를 알아주겠지?"

슈퍼 사ㅇ어인처럼 머리카락을 왁스로 삐죽삐죽 세우고 있다.

오른쪽 눈이 비취색이고 왼쪽 눈은 붉은색.

감도는 향수 냄새는 장미향.

비주얼계라고나 할까, 게임에 나올 것 같다고나 할까…… 솔직히 말하면…… 호스트 같다.

131

"……도쿄 신주쿠…… 가부키초의 센스인데…… 뭐, 어울리는 것 같아."

정말 대단한 미남이다.

평범한 얼굴이나 못생긴 얼굴로 해봤자 못 볼꼴일 뿐이지만, 진짜 미남이 하니까…… 밉살맞게도 그럴싸해지는 것도 사실이다.

고개를 끄덕이며 용왕이 기쁜 듯 웃었다.

"이 패션은 너무…… 이쪽 세계에서는 지나치게 앞서나간 터라 희귀하거든. 당연히 이런 패션의 좋은 점이라고나 할까…… 아름다움을 이해해주는 사람이 적어서."

"그렇겠지. 그런데…… 어디서 손에 넣었지?"

"표류물…… 혼의 존재였던 네가 이 세계에 도달한 것도…… 표류라고 말할 수 있을지도 모르겠네."

"……그래서?"

"가끔 흘러오거든. 다행스럽게도 내가 그걸 줍게 됐어. 장기여행용 수트케이스가 통째로…… 다섯 개였나."

"호스트끼리 여행인가 뭔가 했는지도."

싱긋 웃으며, 용왕이 나에게 일어나도록 했다.

참고로 적룡 아저씨는 고개를 숙인 채였다.

"그럼 너의 스테이터스 표를 보도록 할까?"

스테이터스 표를 받더니, 아무리 용왕이라도 놀라운 모양이다. 그 증거로 미간에 약간 주름이 생겼다.

"MP가 1만을 넘었나…… 과연. 나도 몇 천 년 단위로 살고 있지만…… 인간의 아이가 이 수치에 도달하려면 환생자 외에는 일단 불가능하지."

"방법을 알고 있어?"

"일찍이 친구 중에 한 사람만…… 너와 같은 일을 시험한 인간이 있었거든. 뭐, 그 친구는 직업이 마을사람은 아니었지만…… 게다가 레벨은 1인가…… 이것도 당연히 목적이 있겠지? 아마…… 용의 가호."

"잘 아네. 그것도…… 가장 효과가 높은 용왕의 가호가 필요해."

어처구니가 없다는 듯 용왕이 어깨를 으쓱했다.

"금서를 포함한 희귀서를 읽을 수 있는 예지 스킬…… 인가. 정말 편리한 능력이야."

"그래. 이 세계에서 첫 번째 인생을 살 때는 대부분의 시간을 이 스킬로 지식을 수집하는데 소비했어."

"심지어 중요한 부분만 기억해두고…… 두 번째 인생에서는 스킬 포기인가."

"나의 목적은 용왕의 가호뿐만이 아니야."

끝까지 말할 것도 없다는 듯 용왕이 손을 들어 나를 제지했다.

"대도서관이지? 그래, 알겠어…… 모든 장서의 열람권한을 주마."

그러자 여전히 절을 하고 있던 용 아저씨가 외쳤다.

"용왕님?! 이 자의 신분 보장은 제가 하고 있습니다…… 이 녀석이 무언가 도서관 내에서 문제를 일으킨 경우…… 저로서는 수

습하기가 어렵습니다······."

"아아, 그거 말인가."

용왕이 싱긋 웃더니 말을 이었다.

"이 인간의 신분 보장에 대해서는······ 적룡족인 너에게서······ 나로 변경하지."

비명에도 가까운 놀란 소리가 아저씨의 목에서 새어나왔다.

용왕이 말을 이었다.

"이 자의 팔찌는······ 인간에게 용과 같은 권한을 주는 것이지 만······ 그것과는 별개로 이 자를 정식으로 젊은 용으로서 받아들 이겠어."

고개를 숙이고 있던 아저씨가 얼굴을 들었다.

그리고 입을 빼끔거리며, 점차 표정이 창백해져갔다.

아저씨가 너무 크게 놀라고 있어 나도 모르게 질문했다.

"그게 무슨 뜻인데?"

아저씨가 목소리를 쥐어짜내며 외쳤다.

"전대미문의 특별한 대우라는 뜻이다! 체재 허가가 아니라······ 완전한 동포로 받아들인다고······ 용왕님께서는 말씀하시는 거 다!"

그렇구나.

"──그런데."

용왕이 위협적인 목소리로 아저씨에게 말했다.

"나는 너에게 고개를 들어도 괜찮다는 말을 하지 않았는데? 불 경죄로 죽고 싶나? 아니면 넌 나와 대등하게 대화할 정도로 강한 용인가?"

환하게 미소 지으며 그렇게 말하는 용왕의 태도에 아저씨는 얼른 절하는 자세를 취했다.

……과연.

편하게 대하는 모습과 털털한 분위기에 속았다.

아무래도 이 녀석은 일반적인 왕으로서의 위엄이라고나 할까…… 그런 식의 번거로운 형식도 취할 줄 아는 모양이다.

지금 상태의 나라면, 화를 돋우면 순식간에 사라져 재가 될 것 같다.

뭐, 그래도 나는 반말을 계속 하겠지만.

"아무튼 나는 특별대우를 받는 모양인데…… 왜 그렇지?"

"하나는 너의 스테이터스야…… 어긋났다고는 하지만…… MP 하나만 따지면 나를 웃돌고 있어. 그렇다면 그 점에 나는 너에게 경의를 표하지 않으면 안 되겠지."

"그런 건가?"

"그런 거야. 그것이 강함에 경의를 표한다는 뜻이거든. 설령 내가 근접 직업이었다고 해도…… 뭐, 그런 법이다."

예를 들어 학교 시험 등에서…… 종합 점수는 학년 1등인 사람이 수학만 만점이고 나머지는 엉망인 사람에게…… 수학에 대해서는 실력을 인정한 것 같은 느낌인가?

뭐, 그렇게 생각하면 모르는 바도 아니다.

"그런데 말이지?"

"뭔데?"

"——지금, 네가 살고 있는 것은 이쪽 세계에서 두 번째 인생이지?"

무슨 당연한 말을 하는 거야, 이 녀석.

"……뭐, 그런데?"

"그래, 그거야. 그것이 너를 특별대우 하는 또 다른 이유다. 너라는 존재가…… 정해진 세계의 운명을…… 이미 파멸하는 방향으로 움직이고 말았는데, 그 점은 알고 있나?"

"무슨 소리야?"

그냥 넘어갈 수 없는 말이다.

나의 목소리에 다소 긴장된 빛이 어렸다.

"아아…… 자각하지 못했구나."

어쩔 수 없다는 듯 용왕이 어깨를 으쓱했다.

"그러니까 무슨 뜻인지…… 묻고 있는데?"

"설명하지…… 네가 지켜야 할 공주님——그녀는 이 세계에서 특수한 존재다. 그야 이 세계, 이 시대에…… 네 사람밖에 없는 신탁의 용사 중 한 사람이니까. 대재앙으로부터 세계를 구할, 구원의 손길을 뻗어줄 존재…… 이 세계에서 가장 중요한 인물이야."

그 점은 이미 알고 있다.

북쪽의 용사인 코델리아, 그밖에 동쪽과 서쪽과 남쪽 용사……전원이 신탁을 받아, 협력해서 재앙과 대치한다.

산 속에서 혼자 살며 세상을 등진 사람이 아니라면 누구든 알

고 있는…… 그런 이야기다.

"……그래, 그 말이 맞아."

"희망이라는 검으로 어둠을 물리치고, 재앙을 떨쳐내는 그것이
용사다."

나는 짜증스럽게 대꾸했다.

"그래, 그렇겠지."

"용사란 약자를 구하고, 마물을 물리치는…… 그런 절대적인
강자다. 아닌가?"

짜증이 명확한 분노로 변했다.

당연한 일을 주절주절 말해봐야 신경질밖에 일지 않는다.

"그러니까 넌 무슨 말을 하고 싶은데?"

"약자…… 즉 마을사람은…… 용사가 본래 구해야 할 약자지?"

용왕이 고개를 좌우로 흔들었다.

"…………?"

깊은── 깊은 한숨과 함께 이렇게 말했다.

"마을사람이 용사를 지키면 어떻게 될까? 정말…… 문제가 되
지 않을까?"

"………………?"

"나는 기억을 읽는 것뿐만이 아니야. 세계의 이치도 역시, 조금
은 읽을 수 있거든."

"무슨 말을 하려는 건데?"

"그때 네가 고블린 군세를 물리쳤기에 앞으로 역사가 크게 어
긋났어."

"……역사가…… 어긋났……다고?"

그래, 용왕이 고개를 끄덕였다.

"그때, 그 순간, 사실은 그녀가 너를 지키기 위해서 깊은 상처를 입을 예정이었다."

"말하지 않아도 알아. 그 결과 어떻게 되었는지도…… 그 녀석이 한여름에도 상처를 신경 써서 반팔을 입지 못하게 된 사실도 알아."

"그래. 그거야. 그녀는 그 사실을 계기로, 너를 지키기 위해, 더욱 강해지기 위해, 자신의 용사로서의 자질에만 의존하지 않고, 수련을 하며 한계까지 자신을 몰아붙이게 될 터였지."

"……어? 그게…… 무슨 뜻이야?"

그러고 보니 이전 인생 때…… 그 뒤로 갑자기 산에 틀어박히거나, 기사단의 토벌에 적극적으로 참가하게 되었다.

용사의 신탁을 어쩐지 싫어하던 기미조차 보였을 터였는데…… 확실히 그 녀석은 그 사건을 계기로 달라진 느낌이 든다.

"무슨 뜻이고 뭐고 없어. 그녀는 스스로 강해져야 할 필요성을 느꼈을 뿐이니까."

"그게…… 왜?"

"네가 지금 품고 있는 마음과 같지 않나?"

"나와……같다고?"

"소중한 것을 지키기 위해 강해지고 싶다는 마음. 그것이 무엇보다도 강하지 않을까."

"……어?"

"열다섯 살의 소녀가 드래곤 킬러라 불리게 된다. 설령 용사라고 해도, 그것이 아무나 가능한 일인 줄 아나?"

"아니, 그것은……."

"본래 그 고블린 습격은 그녀의 각성 이벤트였어. 하지만 네가 자력으로 해결해버렸지. 도움을 받아야 할 쪽이 구하는 쪽을 구하는 본말이 전도된 방법으로."

"아니…… 하지만……."

"그리고 그것은 이 세계에 정해져 있던 운명이다. 뭐, 지금은 다른 분기로 나가는 바람에 불확정하지만……."

"…………."

"──드래곤 킬러. 그것은 용사가 용사라는 사실에 안주하지 않고, 온 힘을 다해 수련에 매진하고, 나아가 목숨을 걸어야 간신히 얻을 수 있는 칭호다."

"…………."

"그것은 재능의 문제만으로 정리될 이야기가 아니야."

"…………."

"나도 모든 것을 읽어낸 것은 아니다. 대재앙이라고 해도 구체적으로 무엇이 일어날지도 몰라. 하지만…… 세계는 크게 파멸로 기울었다. 그것만은 말할 수 있어."

입을 다문 나에게 용왕은 조소하는 표정을 지었다.

"과연. 기껏해야 너도 인간의 아이인가…… 조금 실망인걸. 뭐, 그것도 어쩔 수 없지. 그야 스케일이 용사의 신탁을 어긋나게 한다든가, 세계의 명운이라든가…… 그런 이야기니까."

나는 계속 침묵했다.

용왕과 서로 마주보기를——30초.

그제야 나는 입을 열었다.

"그 녀석은 용사로서 이미 도움이 되지 않는다는 뜻인가?"

"너의 기억에 따르면…… 열다섯 살 때, 그녀는 드래곤 킬러가 되었지?"

"사룡 토벌……이었나?"

잊을 리가 없다.

기사단의 마물 토벌에 동행했던 그 녀석이 강한 괴물과 마주쳤고, 기사단이 전멸될 위기에 처하며—— 빈사의 상태로 생환한 일이다.

그리고 그 대가라도 되는 듯 사룡의 목과 몸을 확실히 분리해주고 왔다.

"일단 이번에는 같은 시점에 그녀는 사룡에게 이기지 못해. 백 퍼센트 사망하지."

잠시 나는 입을 다물었다가—— 큭큭큭 웃기 시작했다.

"왜 웃는 걸까?"

"한마디로 강해지면 되잖아? 내가 사룡을 이길 정도로 아니, 그 녀석보다도…… 훨씬 강하게."

그 말을 들은 용왕이 어처구니가 없다는 표정을 지었다.

그리고 잠시 뒤, 진심으로 기쁘다는 듯 웃었다.

"마을사람인 채 사룡 토벌…… 그리고 그것을 그저 당연하다는 듯 말한다……라."

"내가 그 정도도 하지 못하면…… 그 녀석이 곤란하니까."

용왕이 크하하 웃으며 배를 잡았다.

"과연. 그렇군…… 이거 걸작이야…… 그렇기에 나는 네가 마음이 들었는지도 모르겠어."

"그보다 원래 내가 코델리아 대신 전부 짊어지기로 결심했거든. 그러니 딱히 코델리아가 약한 상태라도 괜찮아."

"크핫……크하하…… 과연. 너는 어디까지나 용사의…… 보호자라고?"

"그래, 그러니 어서 용왕의 가호를 내놔."

흠, 용왕이 나의 머리에 손을 올렸다.

그가 조금 힘을 주기만 해도, 나의 두개골은 파열될 것이다.

"용왕에게…… 가호를 내놓으라고? 조금 정도가 지나친 것 아닌가? 작은…… 인간 주제에."

나는 잠시 입을 다물었다.

그러나 지지 않고 눈에 힘을 주고 용왕을 바라보았다.

"가장 효율적인 건 용족이었어. 하지만…… 마인족이나…… 아니면 최악의 경우 악마에게 혼을 파는 것도…… 나의 선택지에는 있거든."

용왕이 놀란 표정을 지었다.

"악마에게……말인가? 그러나 그 방법을 선택하면…… 아마 사후 세계에 윤회하는 것도 용납되지 못하고, 지옥의 고통을 계속 받아야 할 텐데……."

"물론 가능하면 사양하고 싶지. 그러니 나는 너에게 머리를 숙이고 있잖아."

큭큭큭, 다시 용왕이 기쁜 듯이 웃었다.

"그렇게 반말로 머리를 숙이고 있다고 해도 말이지?"

"하지만…… 너는 이런 태도가…… 마음에 들잖아?"

용왕이 고개를 끄덕이며 웃었다.

"그래, 마음에 들어…… 너 같은 건 꽤나 좋아하거든."

나는 오른손을 용왕에게 내밀었다.

용왕도 환하게 미소 지으며 나에게 손을 내밀었다.

두 사람이 단단히 악수를 나눈 그때—— 나의 심장에 뜨거운 무언가가 흘러들어왔다.

"이게…… 용왕의 가호?"

"응, 그런데?"

"그건 즉……?"

"그래, 맞아—— 레벨 업에 관한 너의 성장 보정…… 직업 적성: 마을사람으로서의 네 마이너스 요인이 대부분 삭제되었어."

"그 말은…… 나는 이제야…… 아무 거리낌 없이 레벨 업이 가능하다고? 또 마물을 사냥해도 경험치를 거부하지 않아도 된다고?"

"굳이…… 너에게 내가 설명해주어야 할까?"

"만약을 위해…… 부탁할게."

잠시 용왕은 무언가를 생각하더니, 설명하기 시작했다.

"경험치와 레벨의 개념은 알지?"

"상대의 생명 에너지를 자신에게 받아들여 신체 능력이나 마력을 강화시키는 술식……이지?"

고개를 끄덕이며 용왕이 말했다.

"그걸 전제로 묻겠는데…… 직업이란?"

"한마디로 신의 축복."

"그 말이 맞아…… 그럼…… 구체적으로 말하면?"

"성장률이…… 전혀 달라. 예를 들면…… 레벨이 하나 오르면 용사라면 스테이터스에서 공격력 항목이 20 오르지만…… 마을 사람이라면 3이나…… 그 정도 수준으로."

실제 수치는 차이가 나지만, 이런 식인 것은 틀림없다.

"그때 등장하는 것이 용왕의 가호다. 마을사람인 너의 성장률이…… 용족 인간으로서 보정을 받아 어느 정도 뒤바뀌게 되지. 용족 인간…… 그것은 용사에게는 못 미치지만, 현자나 성기사 같은 상급직과 비슷한 성장률을 보이거든."

그래, 나는 고개를 끄덕였다.

"따라서 나는 지금까지 레벨1을 고수해왔어."

"그렇겠지."

그때 용왕이 손목시계로 시선을 옮겼다.

"비싸 보이는 시계인데?"

"그래, 멋지지? 만약을 위해 말해두겠지만, 달라고 해도 안 줄 테니까?"

오메가 시계인가…….

놀랄 만큼 판타지 세계와 어울리지 않다며 쓴웃음을 지었다.

"이제 슬슬 시간이 다 됐군. 그밖에 다른 건?"

"내 용건도 현 단계에서는 이것뿐이야."

"그럼 앞으로 너는 어떻게 할 거지?"

"글쎄……."

히죽 웃으며 나는 이렇게 말을 이었다.

"일단…… 차근차근 레벨 업에 힘쓰도록 할까."

미궁 공략으로 쑥쑥 강해진다!

"I am a villager, what about it?"
Story by Arata Shiraishi, Illustration by Famy Siraso

며칠 뒤.

"……외출 허가?"

역시 억양이 없는 평탄하며, 나른한 목소리였다.

어깨에 닿을 정도의 쇼트커트, 흰색 로브를 걸친 하늘색 머리의 소녀.

보기에는 열두 살인 도서관의 사서——의아한 표정으로 나에게 물은 사람이 바로 릴리스였다.

아무래도 도서관의 접수처에서는 용의 마을의 잡일을 모두 맡고 있는지, 주민표 관리는 물론이고, 출입국 관리까지 하는 모양이다.

"그래, 외출 허가야. 잠깐 마물을 사냥하러 다녀올게."

잠시 생각하던 릴리스가 무표정하게 물었다.

"…………네가 여기에 온 것은 이틀 전이라고 기억해. 그런데 벌써 마을 밖으로 외출? 애초에 너는 여기에 강해지기 위해서…… 대도서관의 용의 예지…… 또는 용족 특유의 스킬을 얻기 위해 왔다고 알고 있었는데."

"딱히 모순된 일은 아냐. 용족 특유의 스킬: 용왕의 가호를 얻었으니까. 그러니 마물을 사냥하고 또 사냥해서……레벨을 마구 올려야 한다는 뜻이지."

"그러고 보니 너의 레벨은 1이고…… 마을사람이었지. 용왕의 가호…… 너, 12년간 살면서…… 일부러 레벨을 1로 억눌러둔 거야?"

"맞아."

윙크를 하는 나에게 역시 평탄한 목소리로 릴리스가 말했다.

"······빠르게 강해지기 위해서는······ 레벨을 올리는 것이 제일······ 성장률에 대해 알고 있어도 보통은 할 수 없어."

그러며 릴리스가 한숨을 쉬었다.

"범상치 않은 힘에 대한 의지. 가장 좋은 효율을 추구하는 흔들림 없는 마음── 그렇구나, 이해했어."

"이해?"

그래, 릴리스가 가볍게 고개를 끄덕였다.

"너 같은 사람을 천재라고 해······ 단언하겠는데, 너는 나중에 영웅이 될 거야."

뭐? 나는 고개를 갸웃했다.

"그냥 마을사람인 내가?"

릴리스가 고개를 좌우로 가로저었다.

"확실히 너는 마을사람. 그러나 재능이 있어."

"재능? 무슨 재능인데?"

"······결코 꺾이지 않는 마음. 힘을 원하는 재능이 있어. 아니면 노력의 천재라고 바꾸어 말해도 돼."

뭐, 스킬: 불굴을 갖고 있으니까.

노력의 재능이라기보다는 자신을 괴롭히는 재능이라면 있다.

"노력의 천재······인가. 하지만 실제로는······ 그렇지도 않다고?"

"······홋 ······용왕님의 총애를 받는 인간이 그런 말을 해도 빈정거림으로밖에 들리지 않아."

"빈정거린다니, 너 말이야……."

어처구니가 없는 표정을 지었을 때, 릴리스의 눈가에 눈물이 흘렀다.

그리고 볼을 따라 눈물이 떨어져 내렸다.

"……그래. 너는 나 같은 평민이 아니야. 나는…… 나는……."

릴리스는 흐르는 눈물을 흰색 로브 소매로 닦았다.

"잠깐만…… 무슨 일이야, 갑자기 눈물을 흘리고?"

그보다 지금, 눈물이 흘렀는데…… 그런데도 무표정이었지, 이 녀석?

어떻게 된 거야, 이 녀석의 표정근은…….

"……말 안 해."

"말 안 한다니…… 너, 엄청 울고 있잖아?"

표정은 바꾸지 않았으나, 역시 릴리스의 볼을 따라 흐르는 눈물은 멈추지 않았다.

"…………말 안 해."

"됐으니까 말해."

"………………말 안 해. 외출 등록은 해놨어. 어서 밖이든 어디든 가."

아아…… 귀찮아…… 그러고 보니 코델리아도 꽤…… 완고한 면이 있었지.

"이 상태로 갈 수 있을 리가 없잖아……."

"…………나는 용이 아니야. 그리고 강자에 속하는 인간도 아니야. 따라서 살아갈 가치가 없어."

후우…… 나는 한숨을 쉬었다.

"그렇게 말하면…… 더욱 놔둘 수가 없잖아."

"……너 같은 천재의 손을 번거롭게 할 수는 없어. 어차피……
보호자가 없으니까."

"보호자가 없다고?"

잠시 무언가를 생각하던 그녀가 입을 열었다.

"…………나는 곧 용의 마을에서 추방돼."

거기서 릴리스는 일단 말을 멈추고, 기분을 살피듯이 나에게
시선을 보냈다.

"계속해."

"……본래 나는 다섯 살 때 여기로 왔어. 여기에 오기 전……
말문이 트였을 때에는 이미 노예가 되었고……끔찍한 취급을 당
했어."

"응."

"그리고…… 어느 날…… 노예 상인의 캐러밴이 도적에게 습격
당했어. 대규모 전투가 일어났고…… 거의 양쪽 다 전멸된 상태
였다고 생각해. 싸울 수 있는 사람은 대부분 움직이지 못했
고…… 그때 육식동물과 마물이 나타났어."

노예 상인이 이끄는 용병단과 무장도적 집단이 모두 타격을 입
은 건가.

그곳에 피 냄새를 맡고 위험한 생물이 끼어들었고…….

과연. 상황이 대체로 이해되었다.

"그때 나타난 것이…… 용이라는 거구나?"

릴리스가 고개를 끄덕였다.

"……신분을 보장해준 지룡은 무척 강하고 친절한 용이었어."

무언가를 떠올리는 것처럼 릴리스가 천장을 올려다보더니, 다시 그녀의 눈가에서 눈물샘이 터진 듯이 눈물이 흘렀다.

"……아버지가 나에게 지어준 이름…… 그것이 릴리스."

그렇구나.

자신을 구해준 용을 따랐던 모양이다.

따라서 처음 만났을 때 이름을 부르라고…… 화를 냈던 건가.

"그런데…… 보호자가 없다는 건?"

"용에게도 수명이 있어…… 노쇠……였어."

나는 안타까워 어깨를 움츠렸다.

"그런데 릴리스 씨…… 아니, 같은 나이니까 그냥 불러도 되겠지?"

아니, 첫 번째와 두 번째를 합치면 내가 나이를 훨씬 먹었지만.

그건 됐다.

"릴리스는…… 그래서 보호자가 없어져서, 용의 마을에서 돌봐줄 사람이 없어졌고. 그래서…… 쫓겨난다…… 뭐, 그렇게 이해하면 되나?"

"……맞아."

"그런데…… 노예 문장은 아직 살아 있어?"

릴리스가 무표정하게 고개를 끄덕였다.

그리고 로브를 들춰, 쇄골 언저리에 새겨진 마법진을 나에게 보여주었다.

"최악인데. 성노예의 문장이잖아."

"……아버지가 데리고 가주기 전에는…… 어린애였으니까…… 그런 일은 당하지 않았지만. 그래도 지금 상태로 밖에 쫓겨나면……."

노예의 문장.

주인을 동반하지 않은 노예의 취급은 범죄자와 다르지 않다.

위병에게 쫓기고, 밀고를 당하고, 언젠가는 붙잡혀 소유자에게 보내진다.

노예 문장이란 정신 세뇌 술식에 가까운 성질의 것으로, 해제하지 않는 한 정해진 규칙에 결코 거스르지 못한다.

정해진 규칙이란…… 예를 들면 주인의 명령은 절대적이라든가.

또는 위병에게는 거슬러서는 안 된다든가.

──또는 밤의 봉사를 거절해서는 안 된다든가.

"릴리스의 보호자는…… 언제 돌아가셨는데?"

"……한 달 전."

"그럼 너는 언제…… 여기서 쫓겨나?"

오른손을 내밀며, 손가락을 한 개 세웠다.

"내일."

아, 울만 하네.

그나저나 이 상황에서 잘도 지금까지 포커페이스를 유지했다며 감탄할 수준이다.

여유가 없다고나 할까, 아슬아슬한 정도가 아닌데.

귀찮아…… 하고 생각하면서 나는 릴리스에게 말했다.

"외출은 취소해줘. 그리고…….'"

나는 주머니에 손을 넣어 마대를 꺼냈다.

내용물이 꽉 들어찬 자루를 접수처 테이블에 올렸다.

"……이건?"

자루의 끈을 풀고, 릴리스가 놀란 표정을 보였다.

"금화가 모두 5백 개야. 용왕이 말하기를, '네가 이 금전을 어떻게 쓸지 보고 싶군. 그러니 마음대로 써도 상관없어……'라던데."

"……네가 이 돈을 나에게 내민 이유를 모르겠어."

"여행 준비를 해. 너와 나는 앞으로 던전에 틀어박힐 테니까."

역시 평탄한 목소리로 릴리스가 물었다.

"던전? 무엇을 위해?"

"던전이라고 하면 마물이잖아. 또 마물이라고 하면 경험치다. 그렇다면…… 당연하잖아? 내가 강해지기 위해 던전에 들어가려는 거야."

"……역시 영문을 모르겠어."

그리고 나는 자신에게 다짐하듯이 강한 어조로 말했다.

"됐으니까 가자고? 곤경에 처한 여자애 한 사람도 구하지 못하는 남자가 어떻게 용사를 구하는 큰일을 해내겠어."

고개를 가로저으며 릴리스가 다시 나에게 물었다.

"……정말 영문을 모르겠어. 자세한 설명을 부탁할게."

"나는 인간이면서도 용으로서…… 젊은 용족으로 받아들여졌어. 그건 알고 있지?"

"……응."

"신분을 보장하는 조건은 성인 용이어야 해. 아니야?"

"……맞아."

"그러니 나는 성인이 되는 통과의례…… 시련의 의식을 행할 거야. 네 신분을 보장하기 위해서."

"흉악한 몬스터가 득실거리는 제단의 미궁을…… 용조차도 사고로 사망자가 뒤를 끊이지 않는 그 던전을…… 인간에…… 레벨 1인 마을사람이 돌파하겠다고?"

나는 고개를 끄덕이며 웃었다.

"……말로 하기 미안하지만, 나는 세계 최강의 레벨1이라고?"

그러자 릴리스는 역시 표정에 감정이 전혀 담기지 않은 얼굴로 어깨를 으쓱했다.

용의 마을에서 벗어난 숲── 그곳에 제단의 지하미궁이 존재했다.

숲속.

덤불을 헤치고 나가, 지면에 뻥 뚫린 동굴로 향했다. 완만한 경사면을 내려가자, 제1계층이 나타났다.

미지근하게 축축한 공기.

이끼가 뒤덮인 바위로 둘러싸인 어두컴컴한 통로를 나아갔다.

그러자 강철로 만든 문에 가로막혔다.

빨간 녹이 슨 문고리를 잡고, 찢어지는 효과음과 함께 문을 밀어서 열자, 마물이 나타났다.

　　——미노타우로스.

　머리는 소이며, 몸은 보디빌더.

　그리고…… 매우 거대한 도끼를 들고 있다.

　사방이 4미터쯤 되는 실내라 무척 좁다.

　눈앞의 마물을 노려보았다.

　상대도 지지 않고 압도적인 살의와 함께 이쪽을 노려보았다.

　공기가 따끔따끔하게 변질된 것 같은 압박 속에서 나는 숨을 죽이며 스킬을 발동시켰다.

　　——스킬: 신체 능력 강화 발동.

　　——스킬: 강체술 발동.

　　——스킬: 귀문법 발동.

　이것으로 나는 길드의 베테랑 모험가보다도 약간 뒤처지는 정도의 힘을 발휘시켰다.

　그것은 열두 살 난 여자 용사보다도 조금 강하고, 고블린 수백을 가볍게 해치울 정도의 힘이다.

　　——열두 살 인간으로서는 크게 강하다. 그러나 강자의 세계에서는…… 너무 약하다.

　부웅……하며 실내에 바람이 일었다.

　그것은 눈에 보이지 않을 속도로 미노타우로스가 도끼를 휘두른 소리.

내가 지금 공략하려는 던전은 용이 성인으로 인정받기 위한 통과의례라 여겨지는 미궁이기도 하다.

실제로 꽤 높은 비율로 젊은 용이 이 미궁에서 목숨을 잃었다고 한다.

어리석은 젊은 용의 가장 큰 사인은—— 용의 비늘을 과신하여, 방어를 버리고 무방비하게 미노타우로스에게 다가갔을 때 일어났다고 한다.

한마디로 용의 장갑조차도 간단히 찢는 다마스쿠스 강으로 만든 거대한 도끼에 의한 첫 공격이 그 사인이라는 뜻이다.

간발의 차로 나는 그 도끼의 일격을 반사적으로 피할 수 있었다.

솔직히 거의 감으로 피했다. 그야 제대로 참격이 보이지 않으니까…….

이어서 어느새 눈앞 1미터 앞까지 다가온 미노타우로스가 도끼를 휘둘렀다.

빨라!

도저히 계속 피하고 다닐 수 없어!

한 번, 두 번, 세 번, 네 번, 다섯 번…… 날아드는 도끼를 피해 나갔다.

여섯 번, 일곱 번, 여덟 번…… 휘두른 다음 위로 다시 올려치기—— 나의 반사속도를 웃돈다.

그리고 피탄.

——삭.

불길한 소리가 미간을 스쳤다.

오른쪽 시야가 순식간에 붉게 물들었다.

머리가 완전히 갈라졌나……하며 패닉에 빠졌다.

그러나 몸은 움직였다.

시야 한쪽은 잃었으나, 그것은 이마에서 흐르는 피가 눈에 들어갔을 뿐인 모양이다.

그리고 미노타우로스는 나를 끝장냈다는 듯 표정을 풀었다.

여유만만, 이렇게 말하는 것처럼 소 남자는 콧노래를 부르며, 천천히 도끼를 쳐들었다.

──어딜 얕보고 있어.

완전히 나의 반격을 생각지도 않는데…… 아니, 아마도 인간 아이라며 완전히 깔보고 있다.

──자신은 절대적인 강자고…… 그저 포악한 녀석이라는 건가?

아니, 그렇기에…… 나도 역시 의기양양한 미소를 지었다.

허리에 찬 나이프를 뽑아, 소 녀석의 코를 노리고 찔렀다.

한순간, 나의 반격이 믿겨지지 않는다는 듯 미노타우로스가 눈을 크게 떴다.

"후회……해도 소용없어! 인간님을 얕보지 말라고!"

그러나 나이프는 코에 박히지 않고, 마치 고무에 튕긴 것처럼 통 밀려났다.

"과연. 이것이 용의 시련인가."

그것만 말하고 몸을 180도 빙글 돌렸다.

그대로 전속력으로 들어온 문을 향해 달렸다.

"안 돼, 안 돼, 안 돼, 안 돼!!! 완전히 틀렸어!"

과연 젊은 용을 성인 용으로 만들기 위한 의식용 지하미궁이다.

젊은 용의 몇 십 퍼센트가 죽는다고 했으니, 고블린 5백 마리 정도로 씩씩거리는…… 열두 살에 레벨1의 마을사람이 찾을 장소가 아니었다.

걷어차듯이 강철 문을 열고, 크게 숨을 쉬었다.

미노타우로스는 이 미궁의 문지기이자, 중간 보스이기도 하다.

따라서 보스 방에서는 나오지 않는다.

그러므로 방에서 나오기만 하면 안전하다.

그 자리에 주저앉아, 심호흡을 하며 호흡을 가다듬었다.

초보 회복마법으로 이마의 상처를 치료하며, 나는 짜증스럽게 "젠장!" 하고 내뱉었다.

사실 나도 이곳은 몇 달 뒤에 올 예정이었다.

고블린이나 오크를 상대로 마음껏 싸워서, 충분히 레벨을 올리고 안전을 확보한 다음, 때를 기다려 이곳에 도전할 예정이었으나.

일이 이렇게 되어서야 그럴 수도 없다.

올려다보니 그곳에는 무표정한 소녀가 서 있었다.

"……어떡할래? 지금이라도 돌아갈래? 레벨1의 마을사람에게…… 이 지하미궁은 솔직히…… 무모해."

물과 식량을 가득 채운 가방을 메고 있는—— 릴리스는 여전히 억양이 없는 목소리로 말했다.

"그럴 수는 없잖아."

"……최강의 레벨1 마을사람. 분명 너는 그렇겠지. 규격을 벗어난 점도 그래. 그리고 나를 구해주려고 하는 것도 알아. 그 점은 기뻐."

기쁘다고 말하면서, 역시 그녀는 무표정이라…… 나로서는 대꾸하기 곤란했다.

뭐, 그건 딱히 아무래도 좋지만.

"……목숨을 걸 일은 아니야. 나는 이대로 용의 마을에서 추방되어, 그대로 인간계로 돌아가…… 옛 주인의 곁에 끌려가 성노예가 돼. 그것은…… 각오하고 있어."

회복마법이 듣기 시작했다.

피가 멎어서, 붕대를 감았다.

물에 적신 거즈로 붉은 시야를 닦아냈다.

"목숨을 걸어서라도 너는 구할 거야. 멋대로 노예로 가겠다든가…… 정하지 마."

"……그러니까 목숨을 걸지 않아도 돼. 너는 레벨1……더욱 간단한 마물로 경험을 쌓은 다음…… 다시 이곳을 찾으면 돼."

"그래서는 내가 너의 신분을 보장한다고 해도…… 너무 늦어."

"……그러니까 목숨을 걸지 않아도 돼."

그 말에 나는 피식 웃었다.

"이건 나의…… 의지야."

이상하다는 듯 릴리스가 고개를 갸웃했다.

"의지?"

"그래. 여기서 릴리스를 버린다면…… 나는 그 녀석에게 비웃음을 살 것 같거든."

"그 녀석이라니……?"

"……소꿉친구야. 이건…… 내가 자기만족을 위해 하는 일이고, 정말 네가 신경 쓸 것 없어."

그러며 나는 미노타우로스가 머무는 방의 강철 문으로 시선을 옮겼다.

"정공법으로는 대적하지 못해. 그렇다면…… 저기, 릴리스?"

"……왜?"

"너에게 부탁이 있어. 숲으로 돌아가서…… 나무를 베어 장작을 준비해줄래?"

내가 멘 가방에는 서바이벌 용품이 채워져 있다.

식량과 물은 릴리스의 가방, 그리고 나의 가방에는 삽이며 불쏘시개 등…… 뭐, 그런 식이다.

나는 작은 손도끼를 꺼내 릴리스에게 내밀었다.

"장작? 무엇에 쓰려고?"

나는 나이프를 꺼내 문 근처의 흙벽에 칼날을 박았다.

그러자 조금이지만, 벽이 투둑 무너졌다.

그것을 확인한 나는 크게 고개를 끄덕였다.

예상대로라고나 할까, 예지 스킬로 본 미궁의 설계도대로 이 벽은 약하다.

따라서 벽의 흙을 파낼 수 있다.

"뭐기는? 그야 당연하잖아."

미노타우로스는 용족이 소환마법으로 불러낸 마물이다.

사역마라고 하면 가장 알기 쉬울 것이다.

여러 제약이 걸려 있어서, 저 소 녀석은 절대 저 방에서 도망치지 못하도록 되어 있다.

그럼 장작만 있으면, 예상대로 될 터였다.

"소 녀석을…… 죽여버리기 위해서야."

열 시간 후.

10센티미터 크기의 구멍에 몇 개에——불을 지핀 장작이 설치되었다.

"……제정신이야? 이런 걸로 미노타우로스가……."

"아무렴 제정신이지, 완전히 진지하다고."

열 시간 동안, 장작 끝—— 실내 쪽을 향해 생활마법으로 계속 불을 지폈다.

이미 태운 장작 개수는 수백, 또는 천을 넘는 분량이 되었다.

안은 현재, 산소 부족.

아니, 나아가 연기와 그을음.

그런데 나는 산소도 없는 곳에서 생활마법으로…… 무한한 마력으로 억지로 불을 계속 피우고 있다.

솔직히 안은 지금 엄청난 상황이 벌어지고 있다.

하지만 릴리스는 그 참상의 화학적인 의미를 전혀 이해하지 못한 모양이다.

"……이런 일로 미노타우로스를 퇴치할 수 있다니…… 도무지 믿어지지 않아. 단지 장작을 태우고 있을 뿐이니까."

"그럼 보고 있으면 돼. 이걸로 죽지 않으면…… 나 역시 항복이야."

어깨를 으쓱하고, 나는 문을 열었다.

그와 동시에 후끈한 열기와 검은 연기가 뿜어져 나왔다.

"……이건……? 도무지…… 못 믿겠어."

그야 그럴 것이다. 간신히 숨이 붙은 미노타우로스가 그 자리에서 경련하고 있으니까.

아니, 이래도 아직 살아 있다니…… 정말 대단하다, 제단의 미궁…….

"……어째서 이런 일이……?"

"뭐야, 릴리스? 넌 불완전연소라는 말 몰라?"

"……불완전연소?"

"표현을 바꿀게. 그럼 좁은 실내에서 물건을 계속 태우면 어떻게 되는지 알아?"

"……몰라."

"알기 쉽게 말하면…… 독극물이 발생해. 그 독극물에 육체가 오염되는 일을 말하는 거야. 일산화탄소 중독이라고."

"일산화탄소…… 중독?"

릴리스에게 연탄 자살 등을 말해도, 아마 모를 것이다.

아무튼.

손가락으로 욕을 하며, 나는 움찔움찔 계속 경련하고 있는 미노타우로스에게 입을 열었다.

"멍청한 소가…… 고기 주제에…… 지구를 석권한 인간님을 얕보지 말라고?"

이름: 류토=맥클레인

종족: 휴먼

직업: 마을사람

나이: 12세

레벨: 1→12

HP: 50/50→650/650

MP: 12050/12050→13400/13400

공격력: 35→185

방어력: 35→170

마력: 2154→2350

회피: 55→225

강화 스킬

[신체 능력 강화: 레벨10(MAX)──사용 시: 공격력 · 방어력 · 회피X2 보정]

[강체술: 레벨10(MAX)──사용 시: 공격력 · 방어력 · 회피+150 보정]

[귀문법: 레벨5──사용 시: 공격력 · 방어력 · 회피+250 보정]

방어 스킬

[위강: 레벨2] [정신 내성: 레벨2] [불굴: 레벨10(MAX)]

통상 스킬

[농작물 재배: 레벨15(한계돌파: 여신으로부터의 선물)] [검술: 레벨4]

[체술: 레벨6→7]

> **마법 스킬**
> [마력조작: 레벨10(MAX)] [생활마법: 레벨10(MAX)]
> [초보 공격마법: 레벨1(성장한계)] [초보 회복마법: 레벨1(성장한계)]

좋아.

레벨이 꽤 올랐다.

공격력이 150 올랐나.

본래 스킬로 끌어올린 정도가 400이었으니까, 그렇게까지 극적인 개선이라고도 말할 수 없다.

그보다 그만큼 강체술과 귀문법으로 끌어올린 것이 미친 짓이나 마찬가지인 것이지만…….

레벨1의 마을사람이라도 고블린 같은 약한 상대라면 무쌍을 벌일 수 있는 스킬인가. 새삼 생각해 보니 엄청난 스킬이다.

뭐, 스테이터스 상승분으로 강함을 실감하려면, 더욱 큰 폭으로 레벨 업을 해야 하겠는데, 응.

어쨌든 HP가 상승한 것은 솔직히 기쁘다.

이제 일격에 죽을 가능성이 크게 내려갔을 것이다.

강해지기 위한 방법은 여러 가지가 있지만, 역시 레벨은 가능한 한 올려두고 싶다.

그리고 이곳은 인간이 아닌 자가 사는 장소인, 용의 마을에 위치한 지하 대미궁이다.

들어가면 들어갈수록 마물은 강력해지고, 경험치를 벌기 위한 장소로서는 최적이다.

솔직히 용의 마을에서 자란 인간이 바깥 세계에 나가 영웅이 되는 이유는 이 덕분이 크다.

혼자 밖에 나가는 것이 허락된다는 말은 독립을 허락한다는 뜻.

즉, 용의 성인의식을 끝냈다는 것을 의미한다.

이 미궁을 클리어 할 수 있는 역량이 있는 것은 당연하고, 성인이 될 때 레어 스킬을 받을 수 있는데…… 그것은 나중에 서술할까.

그리하여 지금 나와 릴리스가 있는 층은 길고──긴 대통로다.

흙바닥에 흙천장, 그리고 벽도 역시 흙.

긴 통로를 걸으며, 간신히 모퉁이에 다다랐다.

나는 얼굴만 내밀어 모퉁이 끝, 다음 층으로 가는 문 앞에 자리한 청동상을 확인했다.

──무장 골렘.

길이는 2미터쯤.

갑옷과 검으로 무장하고, 몸 전체가 금속으로 구성되어 있다.

나의 완력으로는 도저히 베어낼 수 없다.

그런 연유로 정면으로 돌파하기란 일단 불가능하다.

애초에 지금 나의 무기는 무딘 나이프 하나뿐이고.

거의 옷만 입은 채 적룡 아저씨와 함께 왔기 때문이지만…… 코델리아에게 빌린 검을 그대로 가져오는 편이 나았으려나.

뭐, 그건 됐다.

아무튼 여기에 있는 것은 미노타우로스와 마찬가지로 문지기이자 중간 보스이다.

그래, 문지기에 이어 문지기…… 중간 보스에 이어 중간 보스다.

이것에도 확실한 이유가 있는데…… 뭐, 그 이유에 대해서는 이 층을 돌파한 다음 릴리스에게 설명해둘까.

내가 묘하게 이 미궁을 잘 아는 것도 금세 눈치챌 테고…….

그나저나 예지 스킬의 덕을 톡톡히 보고 있는데.

게임으로 말하자면 이미 이 던전의 공략책을 읽고 있는 상태이다.

어쨌든 나는 모퉁이 바로 앞에 자리를 잡고, 가방을 바닥에 내렸다.

안에서 조립식 삽을 꺼내 열심히 땅을 파기 시작했다.

"……넌 뭐 하는 거야?"

"구멍을 파고 있는데."

"……보면 알아. 그러니까 뭘 하는 거냐고?"

"그러니까 구멍을 판다니까."

"……대체 왜?"

"강해지기 위한 게 당연하잖아."

무언가 생각에 잠기던 릴리스가 나른하게 중얼거렸다.

"……영문을 모르겠어."

뭐, 당연한가. 확실히 너무 설명이 부족했다.

이러니저러니 해도……지금 이 상태로 미궁을 공략하는 것은 나의 예정에 없었다.

게다가 시작부터 미노타우로스에게 이마를 쑥 베였으니, 나도 상당히 초조했던 모양이다.

쉽게 말하면, 릴리스를 신경 쓸 여유가 없다.

이 점은 솔직하게 반성해두자.

손짓으로 릴리스를 불렀다.

얼굴만 내밀어 모퉁이 끝을 확인하도록 했다.

"저 골렘이 저기 있으니까 앞으로는 나갈 수 없거든."

"……그렇구나. 확실히 강해 보여. 도무지 네가 이길 것 같지 않아."

"그래, 맞아. 아무튼 여긴 모퉁이지?"

"……응."

"저쪽에서 모퉁이 끝은 안 보이지?"

"……그래."

릴리스가 가볍게 고개를 끄덕였다.

나는 빙긋 웃으며, 말했다.

"그럼 이 위치에 구멍이 있어야겠지?"

"……그러니까 영문을 모르겠어."

"됐으니까 너도 도와줘."

나는 피곤해졌기에 릴리스에게 삽을 건넸다.

"……구멍?"

"응, 반지름이 1미터 정도……. 깊이는 3미터쯤이면 돼. 아무튼 교대로 파자."

릴리스가 고개를 휘휘 저었다.

"······미노타우로스와 싸우며 이미 시간을 낭비했어. 그리고 3미터짜리 구멍을 지금부터 판다니······ 도저히 시간이 맞지 않아."

"아, 그러고 보니 릴리스가 마을에 머무는 것이 허락된 시간은 내일까지였나?"

"······이 미궁은 광대해. 여기를 나간다고 해도······ 애초에 이론적으로 남은 반나절 만에 가장 아래층까지 도달할 리가 없어."

"아니, 왜······ 남은 반나절 만에 가장 아래층까지 도달해야 하는데?"

"응?"

둘이 나란히 고개를 갸웃했다.

도무지 대화가 맞지 않았다.

"하지만 나의 체재가 허락된 시간은 내일까지고."

"응, 그 이야기는 들었잖아?"

그거 혹시······ 나는 숨을 죽였다.

"너 말이야······ 내가 제일 아래층까지 도달하면, 그 자리에서 내가 신분을 보장한다는 거지?"

"······맞아."

"그야 뭐, 마을 안이었다면 상황은 별개겠지만, 이 미궁 안까지 일부러 찾아와서······ 나가라고 할 녀석이 있겠어?"

무표정하게 무언가를 생각하던 릴리스가 이렇게 대답했다.

"······그런 사람은 없으리라 생각해."

"그럼…… 내일에 집착할 필요가 있겠어?"

억양이 없는 목소리로 릴리스가 당연하다는 듯 고개를 끄덕이며 말했다.

"……집착할 필요가 있어. 왜냐하면 용왕님과의 약속으로는 내일까지 내가 짐을 정리해서 마을을 나가기로 되어 있으니까."

왜 이렇게 정직한 거야!

나도 모르게 쓴웃음을 지었다.

"적어도 이 미궁에 들어갔다 나올 때까지는 시간제한은 신경 쓰지 않아도 돼. 아니, 신경 쓰지 마."

"……아니, 하지만…… 그건 역시 좋지 않아. 자꾸 이러면 나도…… 화낸다?"

후…… 나는 깊은 한숨을 내쉬었다.

정말 이 녀석을 혼자 바깥 세계로 내보낼 수는 없다. 더욱이 성노예 취급이라니 말도 안 된다.

키워준 부모가 잘 키웠다는 것은 알겠지만, 이 성격으로는 혼자서 살아갈 수 없을 것이다.

너무 깨끗한 물에는 물고기가 살지 않는다.

정직함은 미덕이지만 나쁜 버릇이기도 하다……다소 거짓말이나 교활함이 살아가는 데는 어느 정도 필요하다.

이대로 혼자 밖으로 나가면, 뼈까지 먹히고 금세 쓰레기통에 던져질 것이 눈에 선했다.

"화를 낸다니…… 무표정으로 말해도……."

"……말만으로는 부족해? 그럼…… 태도로 보일게."

릴리스는 역시 무표정하지만, 입을 크게 벌리며 작은 목소리로 이렇게 말했다.

"캬악."

잠시 나는 굳었다가 릴리스와 마주보았다.
"······어?"
내가 고개를 갸웃하자, 릴리스는 역시 무표정하지만 입을 크게 벌리고····· 다시 작은 목소리로 말했다.

"캬악."

역시 나는 굳은 채, 릴리스와 마주보았다.
"······어? 어떻게 된 거야?"
"············."
실수했다는 듯 릴리스가 어색하게 나에게서 시선을 돌렸다.
아무래도 감정표현을 하는 법을 착각한 모양이다.
기본적으로 인간은커녕, 용족과도 제대로 커뮤니케이션을 취하지 않았을 테니까····· 응.
아무튼····· 이래서는 거북하다. 아니, 무엇이 거북하냐면 릴리스 자신이 실수한 점을 이해하고 있는 것이 거북하다.
장난처럼 대꾸할 수도 없고····· 나도 어떻게 대처해야 할지 몰라 거북한 나머지 릴리스에게서 시선을 피했다.

어색한 공기가 흐르기를 십 몇 초.

"……그런데…… 묻고 싶은 게 있어."

"……응? 뭔데?"

그러자 릴리스가 구멍을 가리키며 나에게 물었다.

"……그런데 왜 구멍을?"

"함정이야."

"……함정?"

"그래, 함정."

"……한심해. 그런 고전적인 방법으로 무장 골렘을 돌파할 셈이었어?"

한심하다……고 말하면서도 역시 무표정.

반응하기가 역시 곤란하다. 뭐, 그건 차치하고.

"그래, 돌파할 생각이야. 일단 내가 미끼가 되어 골렘의 주의를 끌게. 그리고 이 장소까지 유도해. 녀석으로부터 이 위치는 사각이거든."

그러며 나는 가방에서 철제 와이어를 꺼냈다.

"……와이어?"

"그래, 함정이란…… 이중으로 치는 법이라고? 모퉁이를 돌 때, 발을 걸리게 해서 거꾸로 구멍에 빠지게 하는 방법이야. 또 녀석의 육체는 금속이라 무거워…… 함정에서 나오려면 고생하겠지. 구멍 표면에는 심할 정도로 기름을 바를 거야."

"……하지만 이래서는 쓰러뜨릴 수 없어. 기껏해야 시간을 벌 뿐…… 시간을 번다고 해도, 금속제 육체에 대미지를 주어야 하는 근본적인 문제가 해결되지 않는 한⋯⋯ 쓰러뜨리지 못해. 경험치는 얻을 수 없어. 너의 목적인 강해진다는 목표는 달성하지 못해."

나는 하하하 웃으며 대답했다.

"그래, 쓰러뜨리지 못하겠지. 하지만 그걸로 됐어. 나는 처음부터 이 방법만으로 끝낼 생각은 없었거든."

"⋯⋯⋯⋯?"

나는 릴리스에게 귓속말을 하여, 앞으로의 계획 전체를 설명했다.

모두 다 들은 그녀는 눈을 크게 뜨고 "⋯⋯그렇구나" 하며 납득했다.

──열다섯 시간 후.

다섯 시간 정도로 작업을 마친 우리는 식사를 한 뒤 교대로 잠깐 눈을 붙였다.

약간 피로는 남아 있지만, 그럼에도 수면의 효과가 실감되었다.

"그럼 가볼까."

와이어 트랩을 확인했다.

좋아, 괜찮아.

구멍도 확인했다.

좋아, 괜찮아.

나와 릴리스는 교대로 얼굴을 마주보며 고개를 끄덕였다.

크라우칭 스타트 자세를 취했다.

"……스타트."

미리 정한 대로 나는 단숨에 최고 속도를 냈다.

그대로 맹렬하게 모퉁이를 돌았다.

"우오오오오오오오오오!"

그리고 절규와 함께 빠른 속도로 무장 골렘에게 달려갔다.

──후웅 하는 효과음.

무장 골렘의 눈동자에 붉은 빛이 들어왔다.

피아 거리는 10미터쯤인가…… 아무래도 이 거리 내로 들어오면, 절전 모드에서 응전 모드로 이행하는 모양이다.

골렘도 역시 나를 향해 달리기 시작했다.

서로 마주하는 형태가 되자, 나는 곧바로 몸을 돌렸다.

다시 가속. 단숨에 가속.

온 길을 그대로 되돌아가, 모퉁이를 꺾었다.

동시에 크게 도약.

그 앞에는 와이어 트랩과 반경 1미터 크기의 구멍.

내가 구멍을 뛰어넘음과 동시에 뒤에서 떨어지는 소리가 들렸다.

"빙고! 뭐, 어차피 지혜가 없는 철인형…… 당연하다면 당연한가."

구멍 속에서 손발을 퍼덕거리는 골렘을 보며, 나와 릴리스는 종종걸음으로 그 자리에서 벗어났다.

향하는 곳은 조금 전까지 골렘이 지키고 있던 다음 층으로 가기 위한 문이다.

"……정말 그냥 지나쳐도 돼? 너의 목적은 경험치……그렇다면 이러니저러니 해도 지금이 절호의 기회일 텐데…… 공격을 가할 방법은 얼마든지 있어."

"그러니까 아까도 설명했잖아?"

"……스킬: 예지. 다소 믿기 어렵지만…… 이 세상의 책 대부분을 머릿속에서 읽을 수 있는 능력."

"그래……내가 아는 바에 따르면, 이 다음 층은 보너스 스테이지야."

"……정말…… 도저히 믿기 힘들어. 지하미궁이 그런 구성으로 되어 있다니……."

그때 다음 층으로 가는 문에 도착했다.

바로 문을 열었다.

그러자 그곳에는 내가 예상한 광경이 펼쳐져 있었다.

도쿄 돔 크기의 공간에 고블린 집락.

"키익!"

고블린 중 한 마리의 외침을 시작으로, 벌집을 쑤신 것 같은 소란이 일었다.

그렇다. 지금 우리가 눈앞에 둔 광경은── 어딜 보아도 고블린이 있었다.

"여기부터 뒤로 미궁이 이어져. 그리고 여기는…… 고블린의 양식장이야. 식물 연쇄의 최하층으로써 고블린은 이 미궁에 키워지고 있어. 고블린은 피라미 중의 피라미니까…… 그야말로 일대 일이라면 들개라도 죽일 수 있을 법한 그런 조무래기…… 몬스터야."

"……응."

"또 여기는 숲이야. 그러니 처음부터 두 번 연속으로 중간 보스가 배치된 거고. 숲 속의 마물이나 곰, 늑대 등에 고블린이 먹히지 않도록…… 말이야."

"……응."

"그러니 보통 젊은 용이라면 고블린 따위는 신경도 쓰지 않고 그냥 지나쳐. 고블린 정도로는 레벨 차이가 너무 나서, 경험치가 쌓이지 않으니까."

"……하지만 너는 달라."

"그래, 나의 지금 레벨은 이제 막 시작한 모험가…… 그리고 지금 보이는 광경은 여행을 떠난 모험가가 가장 자신 있는 고객 —— 그 고블린이 어딜 보아도 널려 있으니까…… 대략 천을 넘는 수준인가?"

──스킬: 신체 능력 강화 발동.

──스킬: 강체술 발동.

──스킬: 귀문법 발동.

"자, 보너스 스테이지의 시작이야."

이름: 류토=맥클레인
종족: 휴먼
직업: 마을사람
나이: 12세

레벨: 12→38

HP: 650/650→1820/1820

MP: 13400/13400→14512/14512

공격력: 185→390

방어력: 170→385

마력: 2350→2625

회피: 225→480

강화 스킬

[신체 능력 강화: 레벨10(MAX)──사용 시: 공격력 · 방어력 · 회피X2 보정]

[강체술: 레벨10(MAX)──사용 시: 공격력 · 방어력 · 회피+150 보정]

[귀문법: 레벨5→6──사용 시: 공격력 · 방어력 · 회피+300 보정]

방어 스킬

[위강: 레벨2] [정신 내성: 레벨2] [불굴: 레벨10(MAX)]

통상 스킬

[농작물 재배: 레벨15(한계돌파: 여신으로부터의 선물)] [검술: 레벨4]

[체술: 레벨7→8]

마법 스킬

[마력조작: 레벨10(MAX)] [생활마법: 레벨10(MAX)]

[초보 공격마법: 레벨1(성장한계)] [초보 회복마법: 레벨1(성장한계)]

좋아.

슬슬 레벨 업의 효과가 체감되기 시작했다.

그러고 보니…… 조금 궁금했기에 주먹 크기의 돌멩이를 주웠다.

꾹!

힘껏 쥐었다.

파스슥 하는 맥 빠진 소리와 함께 돌이 분쇄되었다.

일찍이 열네 살의 코델리아가 검으로 두부처럼 바위를 절단했던 일을 떠올렸다.

응.

아무래도 슬슬 나도 인간을 그만둘 영역에 도달한 모양이다.

아니, 여기는 젊은 용이 성인이 되기 위한 시련의 미궁이다.

──인간을 그만두지 않으면 공략할 수 있는 길이 처음부터 없다.

반대로 말하자면 이곳이 출발선일 것이다.

"고블린 집락을 나오니, 그곳은 지하 수맥이라는 말인가."

종유동굴 안을 걸어갔다.

서늘한 공기가 달아오른 몸에 닿아 기분이 좋았다.

그리고 우리는 지저 호수에 도달했다.

"이건……?"

반경 5미터 정도 크기의 지저 호수.

그리고 그 절반을 뒤덮은 거대한 것.

나도 모르게 숨을 죽였다.

"……거대 메기인가?"

나의 말에 릴리즈가 동의했다.

"⋯⋯맞아. 그것도 흉악한 부류의⋯⋯ 종이라고 생각해."

──고래메기.

말 그대로 고래처럼 커다란 괴물 메기라는 뜻에서 이름이 붙여졌다. 지금은 동면에 들어갔는지, 물속에서 미동도 하지 않는다.

참고로 문헌에 따르면 활동기에는 악식을 한다고 한다.

먼저 지나가는 온갖 생명체를 메기수염으로 건드린다.

그리고 수염을 휘감아, 물로 끌어들여 잡아먹는다는 뜻이다.

이곳의 지저 호수는 거대한 지하수로로 바깥과도 이어져 있어서, 이 메기는 동면 시기에 이곳에 머무는 습성이 생겼다.

⋯⋯여기는 무시하고 지나가는 게 안정적이겠지. 아무래도 너무 크니까.

메기의 크기는 25미터 정도.

그것은 웬만한 괴수와 같아서⋯⋯ 적어도 지금 내가 어떻게 할 수 있는 영역이 아니었다.

"이봐, 릴리스?"

"⋯⋯왜?"

"물은 어느 정도 남았어?"

커다란 가죽 주머니를 꺼낸 릴리스가 입구를 열고, 안을 살폈다.

"20퍼센트도 소비하지 않았어."

잠시 생각하던 나는 릴리스의 가방을 빼앗았다.

"여기서 보급하자. 이 앞은⋯⋯ 당분간 물이 없으니까."

"⋯⋯어? 하지만 여기에는 거대 메기가⋯⋯."

"괜찮아."

"그것도 역시…… 스킬: 예지?"

"그래, 이 녀석은 한 번 자면…… 웬만해서는 움직이지 않아. 그리고 지금은 동면에 들어갈 시기야."

"……반대야. 이만큼 거대한 메기인데…… 혹시 무슨 일이 생긴다면 이쪽은 순식간에 죽어."

"괜찮다니까, 출처인 문헌도 분명…… 상당히 신뢰성이 높은 공공기관의 조사 문헌인가 그런 종류였을 거야."

흠…… 릴리스는 무언가를 생각하다 고개를 끄덕였다.

"……하지만…… 이 말만은 가슴에 담아두었으면 좋겠어."

"뭔데?"

"……조심해."

거창하게 굴기는, 하고 나는 쓴웃음을 지으며 물주머니를 손에 들었다.

수면에 입구를 대자, 보글보글 공기방울이 수면에 떠올랐다.

바로 물주머니가 가득 찼다.

나는 꽉 찬 주머니의 입구를 끈으로 묶고, 호숫가에 놓았다.

그리고 양손으로 물을 떠 입에 넣었다.

차가운 물이 목으로 넘어가는 느낌이 좋았다.

──맛있다.

"이봐, 릴리스? 너도 이쪽으로 와서──."

돌아보며 릴리스를 부르는 나의 목덜미에 끈 형태의 무언가가 휘감겼다.

"으악!"

그대로 호수 안으로 맹렬하게 끌려들어갔다.

──거대 메기? 아니, 그럴 리가 없어······! 문헌에서는 동면중에 포식을 취하는······ 그런 예는 없었을 텐데······.

패닉 상태에 빠진 나는 물속에서 눈을 뜨고 상황을 확인했다.

그리고 아아, 이건가······ 하고 납득했다.

물속에 보이는 것은 길이가 3미터쯤 되는 작은 메기······ 아마 거대 메기의 아들이나 딸일 것이다.

그 또는 그녀는 동면을 버틸 만한 에너지를 저장하지 못하고, 아직 동면에 들어가지 않았다.

즉 에너지 저장······ 식량을 대대적으로 모집하는 중일 것이다.

물속으로 끌려들어가, 그 입을 향해 일직선으로 빨려들어갔다.

어리석게도 메기가 입을 크게 벌려 나를 삼키려고 한 순간── 허리에 찬 나이프를 뽑아, 잇몸에 일격을 가했다.

수염의 속박이 풀렸다.

자유로워짐과 동시에 평영을 하듯이 몇 번인가 팔다리를 움직였다.

입속에서 도망치며, 메기의 두 눈에 나이프를 꽂았다.

──그리고 마구 찌르기.

숨이 이어지는 한 몇 번이고, 몇 번이고 마구 찔렀다.

몇 십 초── 그리고 몇 분.

신체 능력 강화를 시작하여, 스테이터스 강화는 이런 곳에서도 활약한 모양이다.

아니면 순수하게 2천 가까운 HP의 효과일까.

아무튼 나는 물속에서 10분 가까이 메기를 마구 찔렀다.

지저 호수는 피로 덮이고, 메기 한 마리가 둥실—— 수면으로 떠올랐다.

그때 나의 숨이 한계를 맞이했다.

평영으로 호숫가까지 헤엄쳐, 간신히 육지까지 도달했으나……

얼굴을 수면에 내밀고, 크게 숨을 마시려던 차에—— 다시 목덜미를 휘감는 수염.

아까와는 다른 개체의 메기인가보다.

"제길……! 어이, 릴리스—— 도망쳐! 메기가…… 여럿 있어…… 어푸!"

꼬르르륵, 마지막 말은 이어지지 못했다.

——아, 이거 좀…… 위험한데.

산소 결핍으로 시야가 어두워졌다.

블랙아웃이라니…… 물속에서는 진짜 큰일인데…… 하고 생각하면서도, 몸이 말을 듣지 않았다.

이제 끝났다.

——그러고 보니…… 두 번째 인생이 끝날 때도, 현자인 소꿉친구에게 속아서…… 물에 빠져 죽었나.

이것은 좋지 않다.

주마등처럼 지금까지의 기억이 떠올랐다.

아니…… 하지만………… 마을사람으로서는…… 잘 한……편……

인가…….

그렇게 나는 눈을 감고 각오했다.

바로 그때——.

——온몸에 전기가 흘렀다.

동시에 메기수염이 풀어졌다.

몸에 힘이 들어가고, 내 안에 남은 최후의 산소를 모두 동원하여 수면을 향해 일직선으로 향했다.

푸핫 하고 얼굴을 내밀고, 크게 숨을 들이켰다.

그리고—— 경악했다.

지금 수면에 떠 있는 메기는 두 마리다.

한 마리는 내가 해치운 개체—— 그리고 또 한 마리는 외상이 전혀 없는 개체.

아니, 정확하게 말하면 그 메기는 수면에 떠서 푸시식 연기를 내고 있었다.

나는 호숫가를 바라보고 납득했다.

——그곳에는 가방을 메고, 지팡이를 쥔 릴리스가 있었다.

물에서 나온 나는 릴리스에게 다가갔다.

"릴리스, 너…… 어떻게 한 거야?"

"……전격. 네 마력은 거의 인간을 넘어섰어…… 마법 내성이 강할 거라고 판단하고, 그걸 전제로 힘껏 쏟아냈어."

무뚝뚝하게 대꾸한 그녀가 계속 말을 이었다.

"……놀랄 것 없어—— 나도 그냥 여기서 몇 년간 지낸 게 아니야. 그리고…… 나는…… 팔찌에 금색 선을 세 개 새길 것을 허락

받았어…… 서포트 정도는 가능한 게 당연해."

뭐, 그야 그런가…… 용의 문화에서 약자는 살아갈 가치가 없다.

그렇다면 릴리스는 당연히 키워준 부모에게 배웠을 터였다.

"……또 하나 더 말해도 돼?"

"뭔데?"

릴리스가 화난 기색을 똑똑히 담은 목소리로 말했다.

"……멋대로 혼자 정하지 마."

"무슨 소리야?"

무표정이 아닌, 성난 얼굴로 나를 노려본다.

"이 미궁에서 나는 도움이 안 돼…… 확실히 그렇겠지."

"…………?"

"……나는 분명 도움이 안 돼. 이번에는 우연히 서포트가 가능했을 뿐이고, 그건 괜찮아. 하지만 도망치라는 지시를 멋대로 내리지 마. 혼자서 무엇이든지 결정하지 마."

코넬리아도 전에…… 비슷한 말을 한 기분이 든다.

"나는 나 나름대로 류토를 서포트할 수 있는 일도 있어. 지형과 상성과 운이 따른다면…… 지금처럼."

"확실히 그럴지도 몰라. 하지만…… 릴리스를 위험에 빠뜨릴 수는……."

그때 릴리스가 온 힘을 다해 나의 뺨을 때렸다.

찰싹 하는 경쾌한 소리가 지하 동굴에 울려 퍼졌다.

평탄한 목소리가 아닌, 억양이 확실히 들어가 살아 있는 감정을 그대로 부딪치는 듯한 호통이 나에게 쏟아졌다.

"……헛소리 하지 마! 그럼 류토를 위험에 빠뜨리고 있는 나의 입장은 어떻단 말이야?!"

그러고는 살며시 눈물이 고인 채, 릴리스가 분한 표정을 지었다.

"……멋대로…… 혼자서 전부 정하지 마. 짊어지지 마…… 나는 류토의 뭐야? 류토의 행동에 나의 의사가 반영되고 있어?"

코델리아의 말이 떠올랐다.

——멋대로 정하지 마!

——나는 그런 걸 바라지 않았잖아. 거기에 나의 의지는 없잖아.

——용의 마을에 간다니 인정할 수 없어! 몇 년이나 떨어진다니…… 듣지도 못했고, 정말 싫어!

그런 기억을 떠올리며, 나는 쓴웃음을 지었다.

"……나는 대체 뭐야? 멋대로 목숨을 걸지 마. 멋대로 나를 돕지 마…… 나도 역시 한 사람의 인간이야."

"…………."

"그야 성노예는 싫어. 마을에서 추방당하는 것도 싫어. 하지만…… 그걸 위해 타인에게 목숨을 걸게 하고…… 류토가 죽으면 어떻게…… 나는 어떻게 하면 돼?"

나는 고개를 끄덕이고, 주먹을 쥐었다.

"그럼…… 죽지 않으면 돼."

그대로 릴리스의 머리를 톡 때렸다.

"자, 같이 살아남자!"

릴리스가 만족스럽게 고개를 끄덕이고, 나를 향해——

——살며시 미소를 지었다.

이름: 류토=맥클레인

종족: 휴먼

직업: 마을사람

나이: 12세

레벨: 38→45

HP: 1820/1820→2150/2150

MP: 14512/14512→15730/15730

공격력: 390→470

방어력: 385→465

마력: 2625→2705

회피: 480→580

강화 스킬

[신체 능력 강화: 레벨10(MAX)——사용 시: 공격력 · 방어력 · 회피 X2 보정]

[강체술: 레벨10(MAX)——사용 시: 공격력 · 방어력 · 회피+150 보정]

[귀문법: 레벨6——사용 시: 공격력 · 방어력 · 회피+300 보정]

방어 스킬

[위강: 레벨2] [정신 내성: 레벨2] [불굴: 레벨10(MAX)]

통상 스킬
[농작물 재배: 레벨15(한계돌파: 여신으로부터의 선물)] [검술: 레벨
4] [체술: 레벨8]
마법 스킬
[마력조작: 레벨10(MAX)] [생활마법: 레벨10(MAX)]
[초보 공격마법: 레벨1(성장한계)] [초보 회복마법: 레벨1(성장한계)]

자, 드디어 미궁도 중간 단계다.

현재 있는 이곳과 한 층 아래.

그 두 곳을 합쳐서 중층 영역이라고 부른다.

내가 있는 층은 모두 목조로 되어 있다.

그리고 나타나는 몬스터는 모두 언데드다.

추가로 말하자면, 중간층답게 언데드의 질이 상당히 높다.

리치와 와이트킹, 또는 뱀파이어 등…… 밤의 왕들이 줄지어
나왔다.

용족의 마력으로 망부에서 이곳으로 고랭크 언데드를 정기적
으로 소환해서 보충하고 있다던데…….

뭐, 그건 그렇고 이곳은 그야말로 미로라고 해도 어울릴 공간
이었다.

부지 면적은 5백 미터×5백 미터.

1미터 반쯤 되는 목조 통로가 여기저기 길게 뻗어 있어서, 되는
대로 걷다가는 반드시 조난당한다.

그렇게 되면 아사 콤보를 피할 수 없다.

물도 구할 수 없고, 음식도 언데드의 썩은 몸밖에 없으므로, 정말 견디기 힘들다.

뭐, 내 경우에는 애초에 언데드와 연전을 치루면…… 스테이터스상 힘든 부분이 있다.

용족이라도 여럿을 상대하면 방심하지 못할 높은 레벨의 몬스터니까 그건 어쩔 수 없다.

그런 광대한 부지 안에 무수한 언데드…… 실제로 이곳의 주파는 벌칙 게임 수준의 난이도를 자랑하며, 이곳에서 목숨을 잃는 젊은 용도 많다.

"아무튼…… 여기가 다음 층으로 가는 출구야."

어이가 없다는 얼굴로 릴리스가 이렇게 말했다.

"……주파 시간은 20분. 적과 조우 회수는 다섯 번…… 그 중 세 번은 도망."

"나는 예습을 끝냈으니까. 미궁을 만드는 법에는 법칙이 있어서, 지도가 머리에 들어 있지 않아도…… 공략이 가능하도록 되어 있어."

그렇게 말하며 나는 벽에 그려져 있는 기하학적인 문양을 가리켰다.

뭐, 암호 해독의 일종이다.

벽에 그려진 암호를 문자열로 바꾸는 법칙성을 깨달으면…… 정확한 루트가 화살표와 함께 벽에 그려진 것이나 마찬가지가 된다.

힘뿐만이 아니라, 지혜를 시험하는 시련이기도 하다는 뜻이다.

"……앞 층에서도 거대 메기로부터 도망쳤어. 그 전에는 골렘으로부터 도망…… 이런 식으로 제일 깊은 곳에 있는 수호자에게…… 이길 거라는 생각이 들지 않아."

"응, 그야 그렇겠지."

불만족스러운 표정으로 릴리스가 말을 이었다.

"……그럼…… 이 층에서 조금 더 경험치를 쌓아야……."

"조금 더가 아니야."

"…………?"

고개를 갸웃하는 릴리스에게 나는 웃으며 이렇게 말했다.

"이 층에 몰려 있는 고랭크 언데드 몬스터는 전부 1백 정도인가?"

"……아마 그 정도. 아니면 그 이상일지도 몰라."

"──전부 한꺼번에 지금부터 맛있게 먹어치울 거야."

"……앞으로…… 몇 달이나 이곳에 머물 셈이야? 물도 부족하고, 식량도 부족해. 말하기 미안하지만…… 안정적으로 여기서 마물을 사냥할 수 있을 때까지 네가 계속 이길 수 있을 것 같지도 않아."

아아, 역시…… 이 녀석은 착실하구나.

아니, 뭐, 싫지는 않지만, 그런 면.

"몇 달씩 있지 않을 거야. 단번에 해서 단번에 끝내야지."

"……단번에가 어느 정도인데?"

손가락을 하나 세우며 나는 이렇게 대답했다.

"하루…… 아니, 반나절일까."

릴리스가 눈을 크게 떴다.

그리고 어처구니가 없다는 듯 어깨를 으쓱했다.

"……가능할 리가 없어."

"아니, 할 거야."

나의 진지한 표정에 릴리스가 당황한 표정을 지었다.

내가 진심으로 말하고 있다는 것을 이해한 모양이다.

"……어떻게 할 생각인데?"

"일단…… 다음 층으로 가자."

풀썩 넘어질 뻔하며, 릴리스가 어깨를 부들부들 떨었다.

"……웃지 못 할 농담은 싫어. 이 층의 마물을 사냥할 이야기를 하고 있는데, 왜 다음 층으로?"

농담이 아니라, 진짜 완전히 진심인데.

"아마 내 예상인데, 너는 웃을 수 있는 농담도 싫지?"

"……잘 아네. 농담이라는 개념을 나는 잘 이해하지 못해."

응, 알고 있다.

그런 느낌이다…… 융통성이 없다고나 할까, 표정이 부족하다고나 할까, 로봇 같다고나 할까…….

무척 예쁜 얼굴인데 아깝다.

뭐, 코델리아처럼 빽빽 시끄러운 것도 그렇지만.

"……아무튼…… 이 층의 적을 사냥하는데……왜 다음 층으로……? 전혀…… 이해가 안 가."

"앞으로 일어날 현상을 보면 싫어도 이해가 될 거야. 어서 가서…… 이곳의 놈들을 전멸시키자."

나는 릴리스의 손을 잡아끌었다.

그렇게——.

——우리는 아래층으로 이어지는 나선계단을 내려가기 시작했다.

나선계단이 끝났다.

동시에 훅 하고 맹렬한 열풍이 몸을 감쌌다.

그곳은 거대한 지하 공간이었다.

반경 5백 미터는 될 법한 면적, 그리고 위아래로 2백 미터쯤 될까.

벽은 전혀 없고, 나선계단에서 이 계층 전체가 한 눈에 보였다.

바닥은 눈에 보이는 한 붉은색으로 채워져 있다. 또 곳곳에 통로처럼 검은색 줄기가 뻗어 있었다.

"……여기는?"

"마그마 지대야. 검은 부분을 걸어서…… 다음 층으로 가야해."

릴리스가 고개를 끄덕였다.

"……그건 보면 알 수 있어."

"뭐, 마그마 속에는 상당히 위험한 생물이 숨어 있다고 해. 지혜를 갖지 못한…… 용이 아닌 이무기. 화룡 비슷한 종류가 잔뜩 있대."

릴리스가 마른 침을 꿀꺽 삼켰다.

"……총 수치는 용에게 미치지 못하지만, 힘만 따지자면…….."

"그래, 이무기는 용에 필적해. 뭐, 용이 기본 성능은 더 좋고, 지혜와 지식의 수준은 격이 다르니 일 대 일이라면 압도하겠지만…… 하지만 그래도…… 여럿이 상대라면…….”

“……그래서 위험 생물.”

릴리스의 말에 나는 동의했다.

“그러니까…….”

나는 천장을 올려다보았다.

그리고 릴리스를 이끌던 나는 자리에 멈춰섰다.

“……왜 그래? 왜 멈췄어?”

“왜냐고? 위의 언데드도, 밑의 화룡도…… 한꺼번에 없애기 위해서야.”

“…………?”

“그 전제로…….”

“전제?”

“여기 나선계단은 오리하르콘으로 되어 있어. 아주──아아아주아주 단단해.”

“…………?”

“위층의 언데드? 아니면 이곳의 화룡? 그래, 확실히 제대로 상대하자면 일 대 일도 힘들지.”

“……그럼 어떡할 건데? 아까부터 그렇게 묻고 있잖아.”

그 의문에 나는 크게 고개를 끄덕였다.

“방화야.”

“……방화?”

나는 그대로 손바닥을 천장 쪽으로 향했다.

아니, 정확히는 지나온 나선계단을 감싸고 있는 벽의 표면으로.

그리고 생활마법으로 발화 마법을 발동시켰다.

향하는 곳은 벽── 그래, 목제 벽이다.

연타, 연타, 오로지 연타.

생활마법이므로, 위력은 새 발의 피 정도다. 실전에서는 제대로 쓸 만한 것이 못 된다.

하지만 장작에 불을 지피는 일은 간단해서── 연타, 연타, 오로지 연타.

"다다다다다다다다다──────!"

더욱 연타.

연타, 연타, 또 연타, 계속 연타.

벽 곳곳에 푸스스 검은 얼룩이 퍼졌다.

그리고 드디어 발화.

한 시간 이상 그렇게 했을까.

이윽고 지나온 나선계단 안은 완전히 불꽃에 휘감겼다.

"언데드는 불에 약하지?"

"⋯⋯응."

"또⋯⋯ 화재란 성가셔. 한 번⋯⋯ 불이 붙어버리면, 계속 옮겨 붙거든. 그러니 전부는 아니더라도, 천장의 많은 부분이 붕괴할 거야."

"⋯⋯그럴지도 몰라."

"언데드는 화재로 전멸. 또 잘만 하면 밑의 마그마에 숨은 화룡도 붕괴에 휘말려 사망⋯⋯ 일석이조라는 거지."

"──그러니까 위층과 아래층…… 층 자체에…… 범위 공격을?"

"맞아."

그러자 노골적으로 릴리스가 얼굴을 찌푸렸다.

"하지만…… 이 지하미궁은 용족의 신성한 영역…… 젊은 용이 성인이 되기 위한…… 시련의 장소."

응, 그 말이 맞다.

그렇기에 이런 수단을 쓰는 사람은 보통 없다.

어디까지나 용의 세계에서는 정정당당하게 공략하는 것에 의미가 있기 때문이다.

보통 던전이라면 화재 대책이나, 혹은 다른 층에서의 공격에 대처할 수 있도록 되어 있을 것이다.

하지만 이곳은 평범한 던전이 아니다.

그러므로 그러한 대책은 필요가 없다.

처음 나온 미노타우로스도, 방에서 나오지 못한다는 제약을 붙인 까닭은 모두 이것이 용의 의식이기 때문이다.

힘이 부족한데 의식에 도전한 무모한 젊은 용이 그 시점에서 스스로 무력함을 깨닫고 도망친다.

그 등을 쫓아 미노타우로스가 도끼를 휘둘러서는 안 될 것이다.

따라서 실내에서 나가면 생환하는 식으로 규칙이 정해져 있다.

그런 의미에서 이 미궁의 공략은 구조상 파고들만한 허점이 몇 군데 있다.

설령 그 점을 깨닫더라도, 일부러 실행하는 용들은 없다.

하지만 나── 용이 아닌 나는 마음대로 할 수 있다.

"……이런, 이런 방식으로…… 말도 안 돼, 아니…… 있어서는 안 돼. 게다가 위층과…… 이곳의 수리비용…… 아마 천문학적인 숫자로…….

"나는 용이 아니야. 그런 건 알 바 아냐."

"……뭐?"

아니, 정말 알 바가 아니다.

나에게 이 미궁은 그저 경험치 외에는 아무 의미가 없기 때문이다.

용에게 이 시설은 신성하겠지만, 나에게는 그렇지 않다.

실제로 지금 행동은 용왕의 심기를 거스를지도 모르지만, 그때는 그때 일이다.

그런 의미에서 지금 한 짓은…… 나도 꽤 위험한 다리를 건너고 있다고도 할 수 있다.

"그보다 용왕의 성이 더 놀랄 만큼 돈이 들지 않아? 애초에 용이란 보물을 수집하는 습성이 있어서…… 이 정도 수리 따위는 녀석들이 보기에는 별 것 아닐걸."

"……말도 안 돼."

진심으로 어처구니가 없다는 표정을 지으며, 릴리스가 나에게 차가운 시선을 보냈다.

"뭐, 그야 어이는 없겠지만…… 다소 자각은 하고 있어."

나의 말에 릴리스가 큭큭 웃기 시작했다.

"큭큭……큭큭큭…… 하하하……."

"왜 그래, 갑자기?"

릴리스의 눈가에서 살짝 눈물이 흘렀다.

꽤나 웃겼는지, 그녀는 배를 잡기 시작했다.

"하하…… 아, 정말 말도 안 돼── 응…… 그렇구나."

잠시 호흡을 가다듬고, 릴리스는 이렇게 말했다.

"……유연한 사고라는 것도 또한…… 필요하구나. 너는 보고 있어도 질리지 않아."

──그로부터.

나는 바람의 생활마법으로, 상층부에 공기── 연소를 위한 산소를 계속 보냈다.

나아가 동시에 화염 마법도 연타하기를 열두 시간.

오리하르콘제 나선계단이라는 이름의 지붕.

그 철벽에 지켜지던 우리는 이 세상의 것이라고 여길 수 없는 광경을 보았다.

상층부 바닥의 꽤 많은 부분이 무너지며, 바닥을 향해 통째로 낙하하는── 지옥과도 같은 광경을.

이름: 류토=맥클레인

종족: 휴먼

직업: 마을사람

나이: 12세

레벨: 45→99

HP: 2150/2150→4321/4321

MP: 15730/15730→17850/17850

공격력: 470→1020

방어력: 465→985

마력: 2705→3400

회피: 580→1150

강화 스킬

[신체 능력 강화: 레벨10(MAX)──사용 시: 공격력 · 방어력 · 회피 X2 보정]

[강체술: 레벨10(MAX)──사용 시: 공격력 · 방어력 · 회피+150 보정]

[귀문법: 레벨6──사용 시: 공격력 · 방어력 · 회피+300 보정]

방어 스킬

[위강: 레벨2] [정신 내성: 레벨2] [불굴: 레벨10(MAX)]

통상 스킬

[농작물 재배: 레벨15(한계돌파: 여신으로부터의 선물)] [검술: 레벨4] [체술: 레벨8]

마법 스킬

[마력조작: 레벨10(MAX)] [생활마법: 레벨10(MAX)]

[초보 공격마법: 레벨1(성장한계)] [초보 회복마법: 레벨1(성장한계)]

"그럼 위로 돌아갈까?"

"……위로? 왜?"

그래, 하며 나는 고개를 끄덕였다.

"여기부터 아래층은 최심부── 수호자까지 일직선으로 되어 있어."

"…………그러니까…… 무슨 까닭이냐고 묻고 있잖아."

"수호자는 누구지?"

"……드래곤 좀비. 죽었던 용이…… 젊은 용에게 지고 황천의
세계로 향해. 다음 세대로 바통을 넘기고…… 이것은 그런 신성
한 의식."

"그래, 맞아. 그런데 내가 가진 무기는 나이프뿐이야. 그걸로
죽었다고는 하지만, 용을 잡을 수 있겠어? 보존상태는 거의 생전
과 다르지 않을 정도잖아?"

릴리스가 고개를 가로저었다.

"……류토는 강해졌다고 생각하지만, 아무래도 맨몸에 가까운
상태로는 용의 비늘을 돌파하지 못해."

"그러니까 일단 돌아가야 해. 게다가 거대 메기며 무장 골렘이
며…… 아직 안 잡은 것도 있으니."

"……위로 갔다 아래로 갔다…… 정말 바쁘네. 하지만…… 위
층은 네가 저지른 방화로 엉망이 되었어. 정말 돌아갈 수 있어?"

릴리스가 머리 위의 상황을 확인하며 한심하다는 얼굴로 중얼
거렸다.

나는 그 의문에 고개를 끄덕이며 대답했다.

"이 미궁의 기초 부분은 모두 오리하르콘으로 구성되어 있어.
그리고…… 기초 와 기초의 더욱 근본 부분을 잇는 장소는 오리
하르콘제 계단과 통로로 이어져 있거든……처음부터 미궁을 만
들 때 만들어진 거야."

"……오리하르콘. 개념으로는 알아. 무척 단단한 금속."

"이것과 드워프가 사역하는 호문쿨루스의 존재는…… 이 미궁처럼 복잡한 건축을 가능하게 만들었지."

"……그럼에도 이 미궁이 건축되는 데는 1백 년으로는 모자랄 정도로 시간이 걸렸을 터. 그것을 누구씨가 방화라는 엄청난 짓을……."

릴리스가 나를 지그시 바라보았으나, 나는 동요하지 않고 위를 가리켰다.

"그럼 위로 갈까? 먼저…… 일층까지."

그렇게 나는 미노타우로스가 쓰러진 방까지 도달했다.

숨이 끊어진 미노타우로스의 시체 옆에 굴러다니는 거대한 도끼를 손에 들었다.

특수 금속으로 만든 2미터가 넘는 도끼.

무게는 1백 킬로그램인가, 아니면 2백 킬로그램인가…….

옮기는 것만이라면 레벨1 상태의 나라도 간단했겠지만, 이 도끼를 실전처럼 휘두를 수 있는 충분한 근력이 있었는가 하면, 그렇지 않았다.

그러나 지금 나의 레벨은 99이다.

심지어 직업: 마을사람이기는 하지만, 용왕의 가호 덕분에 성장률 보정이 현자 등 상급 직업에 뒤지지 않는 수준까지 올라가 있다.

힘을 주었다.

도끼를 휘두르자, 슉 하며 바람을 가르는 소리.

──좋아, 나무 막대기를 휘두르는 것과 다를 바 없어.

검술 스킬과 체술 스킬을 발동.

여러 경험이 제대로 융합되어, 도끼를 다루는 최적의 방법을 이끌어냈다.

당연히 도끼 관련 스킬이 있는 편이 도끼를 더 잘 다룰 수 있겠지만, 임시로 쓰는 정도라면…… 뭐, 괜찮을 것이다.

도끼를 회오리바람처럼 한손으로 붕붕 휘둘렀다.

이거라면…… 혹시 나도 그것이 가능할지도 모른다.

──일찍이 열다섯 살의 코델리아는 무딘 검으로 거대한 바위를 버터처럼 잘랐다.

그리고 나 역시 동굴에 있던 거대한 바위를 향해 내리쳤다.

지름 5미터 크기의 바위.

울퉁불퉁하던 표면이 맹렬한 속도로 편평해져갔다.

"대단한데, 이거…… 버터나이프로 버터를 자르는 것보다도…… 저항감이 없어."

그러기를 몇 분, 나의 눈앞에는 지름 3미터 크기의 동그란 돌이 만들어졌다.

주위에는 무수한 바위 파편.

몇 백 번쯤 되는 참격으로, 바위를 깎아낸 결과이다.

그런 나를 릴리스가 경악하며 바라보고 있었다.

"……처음에 여기서 도끼를 주웠을 때는…… 신체 강화술을 몇 번이나 써서, 간신히 휘두르는 수준이었는데."

좋아.

시험은 충분히 했다.

"그럼, 갈까."

나의 부름에 릴리스가 물었다.

"……어디로?"

"일단 무장 골렘에게 복수야."

이름: 류토=맥클레인

종족: 휴먼

직업: 마을사람

나이: 12세

레벨: 99

HP: 4321/4321

MP: 17850/17850

공격력: 1020

방어력: 985

마력: 3400

회피: 1150

강화 스킬

[신체 능력 강화: 레벨10(MAX)──사용 시: 공격력 · 방어력 · 회피X2 보정]

[강체술: 레벨10(MAX)──사용 시: 공격력 · 방어력 · 회피+150 보정]

[귀문법: 레벨6──사용 시: 공격력 · 방어력 · 회피+300 보정]

방어 스킬

[위강: 레벨2] [정신 내성: 레벨2] [불굴: 레벨10(MAX)]

통상 스킬

[농작물 재배: 레벨15(한계돌파: 여신으로부터의 선물)] [검술: 레벨4] [체술: 레벨8]

> 마법 스킬
> [마력조작: 레벨10(MAX)] [생활마법: 레벨10(MAX)]
> [초보 공격마법: 레벨1(성장한계)] [초보 회복마법: 레벨1(성장한계)]
> 장비
> 미노타우로스의 도끼: 희귀도B⁺──공격력+500, 회피−200

계단을 내려가 통로로 나아갔다.

전에 만든 함정 속에서 여전히 무장 골렘이 발버둥치고 있었다.

뭐라고나 할까…… 기름을 너무 열심히 발랐는지도 모른다.

기름투성이의 구멍 속에서 펼쳐지는 진흙 지옥.

그 거대한 몸…… 나아가 무거운 금속 몸에는 가혹할 것이다.

응, 지금 당장 편하게 해줄 테니까.

"이영차."

도끼를 머리 위로 들어 그대로 내리쳤다.

훌륭하게 골렘의 머리에 명중.

청동으로 된 육체가 싹둑 갈라졌다.

좋아…… 이 도끼와 지금 근력이라면 할 수 있어!

퍽, 퍽, 퍽.

한 번, 두 번, 세 번, 네 번, 다섯 번, 여섯 번.

잘게 썰어내자 골렘은 움직임을 멈췄다.

"……움직이지 못하는 상대에게 무자비한 연타…… 정말 가차없구나."

그 말에 나는 동의했다.

"봐줄 마음이 없으니까."

그러며 스테이터스 표를 확인했다.

"……드디어 레벨100인가."

말대로 나의 레벨은 드디어 100에 도달했다.

이 세계에서는 레벨의 상한선이 없다.

아니, 정확하게 말하자면, 어느 문헌을 살펴도 레벨의 상한을 확인하지 못했다.

마계에서 돌아온 역사상 최강의 용사의 레벨은 거짓말인지 진짜인지 몰라도 500을 넘었다고 한다.

그보다 뭐, 보통 레벨100이라도 반쯤 인간을 그만둔 영역이지만.

일반적으로 레벨100을 넘으면 B랭크 모험가로 불리는 수준에 도달한다.

그리고 절반 정도 인간을 그만둔 듯한 차원에 도달해버린 그들은—— 걸어 다니는 전술병기라고 불린다고 한다.

다소 거창한 호칭이지만, 그것도 A랭크나 S랭크 모험가의 영역이 되면 현실이 된다.

실제로 A랭크 모험가의 영역에 도달하면, 국지적인 싸움터의 전황이라면 단독으로 뒤집어버리는 일도 많다.

그런 이야기는 일단 여기까지만 해두자.

무슨 말을 하고 싶은가 하면, 레벨100이라는 것은 사실 무척 대단한 일이라는 것이다.

그리고 중요한 것은 직업 특전 스킬을 얻을 수 있다는 점이다.

예를 들어 현자라면 동시에 두 개의 마법을 전개할 수 있는 반칙 같은 스킬: 다중영창을 배운다.

이것은 정말 치트급으로, 화염과 바람을 섞어서 화염 회오리를 만들어낼 수 있다는 말이다.

참고로 모험가 길드의 수습용 교본에는 직업별 레벨100 특전 스킬이 정리되어 있다.

막 출발한 루키들의 목표.

레벨100 달성자만이 쓸 수 있는 그 스킬을 보며, 미래의 자신을 꿈꾸기도 한다.

뭐, 그것을 보고 공부하는 수천 명 중에 한 명만이 그 영역까지 도달할 수 있지만……

아무튼 나는 마을사람이다.

애초에 마을사람이 레벨100까지 도달한 녀석 자체가 있을지 의구심이 들지만, 아무래도 과거에 딱 한 사람이 있었던 모양이다.

그 인물을 경유했는지, 길드 교본에도 마을사람의 레벨100 도달시의 스킬명과 효과가 게재되어 있었다.

──그것은 다소 웃음거리 같은 의미로.

"마을사람의 분노(레벨100까지 올려도 쓰레기 스킬밖에 배우지 못하는 마을사람의 분노를 마력회로를 통해 주먹으로 드러낸다. 효과: MP 전부를 뒤바꾸어, MP 및 마력의존 공격을 가한다(대미지 큼)."

참고로 MP·마력의존의 대미지가 크다는 말은 마술학원에서

배우는 스킬: 마력격(擊)과 같은 효과를 낸다는 뜻이다.

간단히 설명하면 MP의 절반을 사용하여 성대하게 한 방 날려 주는 스킬이다.

사용법은 전투 시작과 동시거나, 혹은 궁지에 몰렸을 때 최후의 일격에 쓰이는 일이 많다.

위력은 솔직히…… 강하기는 강하다…… 하지만 그 정도이다.

그 시점에서 쓸 수 있는 상위 마법에 털이 난 정도의 위력밖에 없는 경우가 대부분이다.

그리고 마을사람의 레벨 100 특전 스킬은 그 스킬보다도 더욱 쓰기가 나쁘다.

왜냐하면 효과가 같아도 MP를 전부 투자해야 하기 때문이다.

솔직히 쓰레기 스킬이라고도 할 수 있다.

하지만 이것을…… 2만 가까운 MP를 지닌 내가 쓰면 어떻게 될까. 그 점에는 무척 관심이 있다.

그런고로 지금 장소는 지하수로.

──내가 실험체가 될 거대 메기의 연못 앞에 우뚝 서있는 이유였다.

이름: 류토=맥클레인
종족: 휴먼
직업: 마을사람
나이: 12세
레벨: 99→100
HP: 4321/4321→4352/4352
MP: 17850/17850→17890/17890

공격력: 1020→1031
방어력: 985→998
마력: 3400→3408
회피: 1150→1162
강화 스킬
[신체 능력 강화: 레벨10(MAX)──사용 시: 공격력 · 방어력 · 회피X2 보정]
[강체술: 레벨10(MAX)──사용 시: 공격력 · 방어력 · 회피+150 보정]
[귀문법: 레벨6──사용 시: 공격력 · 방어력 · 회피+300 보정]
방어 스킬
[위강: 레벨2] [정신 내성: 레벨2] [불굴: 레벨10(MAX)]
통상 스킬
[농작물 재배: 레벨15(한계돌파: 여신으로부터의 선물)] [검술: 레벨4] [체술: 레벨8]
마법 스킬
[마력조작: 레벨10(MAX)] [생활마법: 레벨10(MAX)]
[초보 공격마법: 레벨1(성장한계)] [초보 회복마법: 레벨1(성장한계)]
직업 스킬
[마을사람의 분노──효과: MP를 모두 소비하여 MP 및 마력의존 대미지(대)]
장비
미노타우로스의 도끼: 희귀도B⁺──공격력+500, 회피−200

결론부터 말하자면 대단했다.

주먹에 마력을 모아 때린다.

단지 그것뿐이었다.

단지 그것뿐인데── 실험체인 거대 메기의 몸에 크레이터가 생겼다.

아마 지름 7미터 정도였다고 생각한다.

20미터를 넘는 거대 메기였으나, 배에 구멍이 뚫리고 살아 있을 리가 없었다.

게다가 주위에 피와 살이 튀며 정말 처참한 꼴이 되었다.

"······정말 어이가 없네."

진심으로 어이가 없다······는 식으로 릴리스가 어깨를 으쓱했다.

아니, 스스로도 어이가 없을 만한 위력에 질겁할 정도였다.

MP가 2만에 가까우니, 역시 엄청나구나······.

그때 나는 현기증이 일어, 그 자리에 주저앉았다.

두통과 고통이 밀려와, 식은땀이 흘렀다.

——마력 고갈.

"··········위력은 대단하지만, 역시 실전에서 쓰기는 너무 어렵겠어······ 사용하기가 너무 나쁜데."

기진맥진해진 나를 걱정스럽게 살피는 릴리스에게 나는 최대한 미소를 지으며 말했다.

"배고프다. 슬슬 밥 먹고······ 잠깐 자자."

다음 날.

지하수맥에 흐르는 종유동굴에서 하룻밤을 잔 우리는 그대로 가장 아래층까지 걸음을 옮겼다.

약간 습한 공기로 가득 찬 동굴 안.

릴리스의 손을 이끌며 나는 이렇게 물었다.

"드래곤 좀비란…… 죽기 전 상태와 거의 다르지 않지?"

"……사후에 용족의 비술로 사체의 보호와 부패방지가 이루어져. 그리고…… 영혼을 현세에 고정…… 언데드로 다시 태어날 때, 사망하기 조금 전의 스테이터스가 반영돼."

"사망하기 조금 전?"

릴리스가 고개를 끄덕였다.

"병으로 죽기 직전 침상에 누운 상태로는 걷는 것조차 마음대로 되지 않아. 그런 상태로 언데드가 되어 영혼이 고정되어도…… 수호자는 되지 못하겠지."

"그야 그렇겠네."

"그래. 이 시험의 진짜 목적…… 신룡의 축복을 받을 수 없어…… 죽은 용은 사후 세계에서 영혼만 존재하는 신룡이 돼. 그리고 죽음과 동시에 자신의 후배에게…… 사투하며 힘을 맡기지. 그러면 신격이 높아지고, 신이 될 수 있어. 그렇기에 성인이 된 용은 젊은 용보다 훨씬 강한 힘을 지녀."

"——현역을 교대하는 바통 터치라는 거구나. 그럼…… 드래곤 좀비 자체는 좀비가 될 때…… 신룡의 축복 스킬은 사라지던가?"

스킬: 신룡의 축복.

신체 능력 강화의 배율에 추가로 1.5배의 보정이 걸린다는 엄청난 스킬이다.

신체 능력 강화 스킬의 배율이 두 배이므로, 그와 중첩하여…… 예를 들어 내가 그 스킬을 배우면, 나의 스테이터스는

2×1.5로 세 배가 된다.

참고로 용사의 레벨100 스킬과 비교하면, 신룡의 축복은 좀 더 자제한 편이다.

용사의 레벨 100 스킬은 신체 능력 강화의 배율 보정이 추가로 두 배이기 때문이다.

원래 있던 두 배에 추가로 두 배를 하여 네 배가 되는 말도 안 되는 스킬이다.

뭐, 그렇기에 용사는 최강의 직업이라고 일컬어지는 것이지만.

그런 연유로 나로서는 부디 이 스킬은 획득하고 싶다.

안 그래도 용사와 비교하면 나의 성장률은 낮은데, 스테이터스에 걸리는 배율 보정으로 몇 배나 차이가 나면, 아무래도 코델리아의 등에는 손이 닿지 않게 된다.

"……게다가 용은 개체가 적어. 언제나 편리하게 드래곤 좀비가 제단에 보충되어 있다는 법도 없어."

"하지만 이번에는 있지?"

그 말에 릴리스는 대답하지 않았다.

나도 그 이상은 묻지 않았다.

"…………."

"…………."

길고 긴 동굴을 빠져 나갔다.

"…………."

"…………."

어느새 나와 릴리스는 말이 없어졌다.

"……………."

"……………."

이윽고 시야가 트이며, 반경 1백 미터 크기의 넓은 방이 나왔다.

"여기가 제단……인가."

용을 중심으로 20미터 정도의 반경.

영국의 스톤헨지처럼 같은 거리를 두고 검은색 바위가 원형으로 놓여 있었다.

아니, 저 바위는…… 바위보다는 모노리스라는 말이 어울리려나.

뭐, 그건 그렇고, 나의 예상대로 릴리스는 말문이 막혀 있었다.

10미터를 넘는 금색의 거대한 몸.

그것은 멋들어진 지룡이었다.

나도 릴리스도…… 서로 그럭저럭 예감은 들었다고 생각한다.

아니, 이 미궁에 발을 들인 순간부터 그 사실은 알고 있었다.

정확하게 말하자면, 우리는 그 사실을…… 일부러 건드리지 않았을 뿐이다.

"……아버지."

릴리스의 말은 이미 죽은 자가 된 용에게는 닿지 않았다.

릴리스를 키워준 부모는 한 달 전에 죽은 용이라고 말했다.

──그야 뭐…… 이렇게 되겠지.

그렇기에 릴리스는 정당한 형태로 이곳을 공략하지 않은 나를 계속 힐난한 부분도 있을 것이다.

그야 자신을 키워준 부모를 명계로 보내는── 의식의 마지막 단계니까, 생각하는 바도 분명 있을 터였다.

그러나 여기서 멈출 수는 없다.

나는 릴리스에게 시선을 보내고, 떨어져 있어……라며 눈으로 재촉했다.

무언가 잠시 생각하더니, 괴로운 표정과 함께 릴리스가 고개를 끄덕였다.

"……이건 알고 있던 일. 지금 이 순간, 이 미궁에 수호자가 있다면…… 역시 그것은 아버지밖에 없어."

"괜찮지?"

릴리스가 고개를 끄덕였다.

"……이것은 신성한 의식. 아버지도 옛날에 수호자를 쓰러뜨렸어. 그리고 역시 자신도 젊은이에게 쓰러지기를 바라겠지."

좋아……하며 나는 목에서 뚝뚝 소리를 냈다.

도끼를 한손에 들고 척척 나아갔다.

원형으로 늘어선 검은 바위── 모노리스의 범위 안으로 들어간 순간 그것이 일어났다.

──드래곤 브레스.

작렬하는 화염이 나를 덮쳤으나, 나는 불꽃에도 아랑곳하지 않고 그대로 금색 용을 향해 나아갔다.

나의 보통이 아닌 마력 수치.

그것이 마력 장벽으로 모습을 바꾸어 자동으로 나의 주위에 얇은 막을 만들었다.

마력과 MP를 기반으로 내뿜는 용의 브레스로는 결코 나에게 치명타를 입힐 수 없다.

브레스가 멎었다.

상대와 거리 차이는 10미터 이내로 좁혀졌다.

멀쩡한 나를 보며 조금 놀란 표정을 짓더니, 용이 기쁜 듯이 웃었다.

그대로 용은 그 자리에서 팽이처럼 회전했다.

5미터도 넘을 듯한 거대한 꼬리가 나의 눈을 노리고 날아들었다.

──빠르다.

그러나 피하지 못할 정도는 아니다.

비틀듯이 몸을 피했다.

아주 살짝 옆구리를 스쳤으나, 어떻게든 용의 꼬리를 넘겼다.

답례……라도 하듯이 나는 용의 날갯죽지를 노리고 도끼를 휘둘렀다.

공격이 성공적으로 들어갔다.

그리고 손에 퍼지는 둔탁한 충격.

──단단해.

그러나 날이 들어가지 않을 정도는 아니다.

용의 날개에 살짝 선혈이 흘렀다. 피가 튀어 나의 볼을 적셨다.

용이 그 자리에서 다시 팽이처럼 회전.

——그렇다면 이 승부는 나의 승리다.

용의 꼬리를 피했다.

이어서 머리 위에서 비둘기가 먹이를 쪼듯이—— 용의 턱이 나를 덮쳤다.

가속.

연속해서 옆으로 뛰었다.

슬라이딩 태클을 거는 식으로 지면을 미끄러지며 송곳니를 피했다.

——스킬: 강체술 발동.

——스킬: 귀문법 발동.

이 전투에서 나는 이러한 스킬을 발동하지 않았다.

신체 능력 강화의 배율이 두 배가 된 상태에서 충분히 싸울 수 있다는 사실을 알고 있었고, 또한 강체술과 귀문법을 발동시킨다 하더라도, 그에 맞서 저력을 발휘 할 용을 상대로 이기기 어렵다는 것을 알고 있었기 때문이다.

그러나 지금 이 순간.

이 두 개의 스킬을 사용하면, 한 순간 나의 움직임이 용의 예측을 웃돌게 된다.

가속.

가속.

가속.

그렇게 나는 드래곤 좀비의 바로 옆으로 돌아갔다.

조금 전 연격을 날리느라 치명적인 빈틈이 생겼으므로, 바꾸어 팔…… 아니, 앞다린가? 어느 쪽이든 상관없다.

나의 얼굴을 노리고 옆으로 휘두르며 발톱을 내찔렀다.

챙! 하며 금속음이 울려 퍼졌다.

도끼자루로 막아낸 나의 몸이 그대로 튕겨 나갔다.

허공을 날기를 몇 초, 그리고 착지. 바닥을 미끄러지며 기세를 죽였다.

나는 고개를 끄덕였다.

──강하다.

그러나 맞서지 못할 정도는 아니다.

이 미궁에서 쌓은 경험치가 나의 밑거름이 되었다.

무수한 생명을 빼앗고, 그것들은 나의 피와 살이 되었다.

자신만만하게 웃자, 용도 역시 기쁜 듯 웃었다.

나는 다시 용을 향해 돌진했다.

손톱과 도끼가 맞부딪친다.

꼬리를 피한다. 용도 역시 도끼를 피했다.

입을 크게 벌리고 달려드는 필살의 송곳니.

응전하기 위해 내미는 다마스쿠스 강 도끼.

금속음이 몇 번이나 울리고, 바람을 가르는 소리가 퍼졌다.

──강자가 강자를 원한다.

처음으로 그런 기분이 조금은 이해가 가는 느낌이었다. 강해진 자신을 확인하고 싶은 마음. 용이 싸움을 신성시하는 이유를…… 조금이지만 알겠다.

시합…… 그것은 힘겨루기.

그 궁극적인 형태가 성인이 되는 의식이며, 여기서의 시합은 죽음을 동반하는 것이 된다.

그것은 사자에 의해 행해지는 차세대를 살리는데 적합한 생자의 선별.

그리고…… 나는 인상을 찌푸렸다.

몇 번인가 겨루며, 완전히 깨닫고 말았다.

──강한데…… 아니, 너무 강하다. 이것은 다소 예상 외였다. 릴리스를 키워준 아버지는 용들 중에서도 꽤나 강한 부류에 속했을 것이다.

실제로 나의 예상으로는 지금 스테이터스 정도면 드래곤 좀비를 압도할 수 있을 터였다.

그러나 아무래도…… 이대로는 밀려날 뿐.

저쪽은 압도적인 실전 경험이 뒷받침되어 확실한 전투 기술로 나를 계속 공격하였다.

반면 나에게는 실전 경험이 절망적으로 부족하다.

언젠가 내가 치명적인 실수를 범하고, 그 실수를 계기로 단숨에 밀려 나는 죽는다.

이대로 계속 대치하다보면 그렇게 되는 것은 불을 보듯 뻔했다.

그러나 나는 미소를 지었다.

그렇다고 해도── 완전히 상대하지 못하는 것은 아니다.

반대로 말하면, 이대로 당분간 서로 공격을 주고받는 것은 가능하다.

말하자면 절호의 찬스.

　──여기다.

　무방비하게 드러난 몸통.

　나는 도끼를 내팽개쳤다.

　──스킬: 마을사람의 분노 발동.

　주먹을 쥐고 마력 전부를 손에 집중시켰다.

　이것으로 안 된다면…… 뒤는 될 대로 되라!

　"간다아아아아아아아아!!!!"

　엄청난 마력이 담긴 나의 필사적인 주먹이 용의 복부에 빨려들어 가듯이 꽂혔다.

　먼저 용에 대한 직접적인 대미지.

　나의 주먹이 용의 비늘을 꿰뚫고, 살을 찢으며 뼈에 도달했다.

　그리고 분쇄.

　으드득 하는 소리와 함께 용의 뼈가 부서지는 감촉이 손에 전해졌다.

　이어서 마력덩어리가 파동 충격이 되어 용의 몸속에 퍼졌다.

　빠지지직 하며 꺼림칙한 소리가 울렸다.

　──아마 수호자의 내장이 완전히 죽었을 것이다.

　거대 메기 괴물처럼 크레이터 형태의 구멍이 뚫림과 동시에 장기며 피와 살이 폭발하지 않은 것은 역시 용의 비늘 덕분일 것이다.

쿠웅…… 하는 중저음과 함께 금색 용이 그 자리에 쓰러졌다.

그리고 그 자리에서 피를 토하며 경련하기 시작했다.

동시에 나는 그 자리에서 심한 빈혈 상태처럼 몸을 휘청거렸다.

격한 두통에 한쪽 무릎을 꿇고, 온몸에 식은땀을 흘렸다.

──아슬아슬한 것도 정도가 있지. 한 발로 끝내지 못했다면…… 내가 끝났을걸.

어깨를 크게 들썩거렸다.

몸에 채찍질을 하며 다시 일어나, 쓰러진 용에게 시선을 보냈다.

몇 번이고, 몇 번이고 심호흡.

그때마다 고통이 줄어들며, 몇 분 뒤에는 간신히 움직일 수 있게 되었다.

그러다 나는 아까 내팽개쳐 바닥에 굴러다니던 도끼를 주워들었다.

도끼를 질질 끌며 용의 목덜미 근처까지 이동하여, 도끼를 크게 쳐들었다.

그때 나는 릴리스에게 시선을 보냈다.

이대로 내가 마무리를 짓는 것은 간단하다.

하지만…….

"릴리스? 정말 괜찮겠어?"

"……괜찮아. 이것은 아버지가 바라던 바니까."

그럼……하며 나는 무어라 말할 수 없는 표정으로 말했다.

"왜 너는 울고 있는 거야?"

아까부터 릴리스의 눈에서 눈물이 멈추지 않는다.

커다란 진주가 바닥에 몇 번이고, 몇 번이고 흔적을 남겼다.

"……모르겠어."

"모른다니, 너 말이야……."

"…………왜 울고 있는지…… 정말 나는 모르겠어. 아버지는 이미 죽었어. 그렇다면…… 류토에게…… 젊은이에게 죽어서 신룡이 되어…… 그것은 용으로서는 행복한 일인데……."

잠시 생각하던 나는 쓰러진 용에게── 적당히 도끼를 휘둘렀다.

장소는 숨골 부근이다.

용이 움찔하며 크게 경련했으나, 아직 언데드로서의 활동 한계에는 도달하지 않았다.

"왜 울고 있는지……였나? 용에게 이 의식은 신성하고, 아무도 의구심을 갖지 않으며, 정말 누구나 이것을 당연한 일로 받아들이고 있지?"

끅끅 흐느껴 울다 터지는 오열.

얼굴을 일그러뜨리며, 릴리스가 말을 이었다.

"……그래. 그리고 영혼의 존재가 되어 승신(昇神)하는 일은 기쁜 일이라 여겨져."

"그럼에도 네가 우는 까닭은……그건 역시 네가 인간이기 때문이 아닐까?"

인간끼리도 피부색의 차이나 종교의 차이로 서로 이해하지 못하고 공격하기도 한다.

같은 지적생명체라고는 하지만, 용족과 인간이라면…… 교육에 앞서 사고방식이나 느끼는 방식에 차이가 있는 것도 당연하다.

"……내가 인간이니까?"

놀란 듯이 릴리스가 눈을 크게 떴다.

그렇다. 릴리스는 용의 손에 키워졌을지도 모르지만, 그럼에도 그녀는 인간이다.

그렇다면 릴리스에게 이 장례식을 인간의 방식으로 막을 내리도록 하는 것이 가장 적절할 것이다.

"네가 마무리를 지어."

관 뚜껑을 닫는 사람은 친족의 일이라 정해져 있다.

릴리스의 아버지로서도 최후에 나와 사력을 다해 싸웠으니까…… 그런 의미로는 용의 장례식으로도 성립될 것이다.

"……내가? 그러면…… 아마 신룡의 축복 스킬은 네가 아니라 나에게……."

"그 점은 신경 쓰지 마."

"…………하지만…… 너는…… 보통이 아닌 결심과 각오를 한 끝에 이렇게 이 자리에 서 있어. 그렇다면 너는 강해지지 않으면 안 돼. 나는 스킬을 받을 수 없어."

깊은 한숨과 함께 나는 입을 열었다.

"강해지는 방법이라면 그밖에도 몇 가지가 있어. 하지만…… 장례식은 한 번뿐이야. 마지막으로…… 너의 아버지를 네가 보내지 않으면 어떡할 건데?"

잠시 생각에 잠기던 릴리스가 흐르는 눈물을 로브 소매로 닦았
다.

그리고 마음을 진정시키듯이 양손을 펼치고 심호흡을 했다.

몇 분 뒤, 눈물도 대체로 멎은 그녀가 고개를 끄덕였다.

"⋯⋯⋯⋯⋯왜 울었는지 결국 나는 모르겠어. 하지만⋯⋯ 아
버지를 내가 보낸다⋯⋯ 그 말의 의미는⋯⋯ 마음으로 이해할 수
있었어."

릴리스가 손을 내밀었다.

그 손이 향하는 곳은 내가 조금 전 박아둔 거대한 도끼 쪽이었
다.

쓰인 마법은 전격 주문.

금속을 통해 직접 숨골을 공격── 아무리 용이라도 신경계통
이 불타면 어쩔 도리가 없을 것이다.

"⋯⋯아버지. 나를⋯⋯ 데려가줘서 고마워."

힘을 가하며 그녀가 말을 이었다.

"⋯⋯릴리스는 아버지가 사랑으로 키워줘서⋯⋯ 행복했어."

전격이 흐르고, 용이 꿈틀거리며 크게── 크게 경련했다.

그것을 마지막으로 용은 활동을 정지했다.

그 자리에서 다시 울며 쓰러지려는 릴리스의 어깨를 단단히 끌
어안았다.

"⋯⋯이것으로 나는 정말 천애고아야⋯⋯ 조금⋯⋯ 외로워."

엉망으로 얼굴을 일그러뜨리며, 릴리스는 격렬하게 목메어 울

었다.

그러며 그녀는 나의 가슴에 얼굴을 파묻었다.

나는 천천히 그녀의 머리를 쓰다듬어주었다.

"우는 것은 나쁜 일이 아니야. 편해질 테니까 잠시 울고 있어. 울고 싶은 만큼…… 울어."

"……응. 잠깐만 이대로 있을게…… 부탁이야."

──얼마만큼 그대로 있었을까.

몇 분이었던 느낌도 들고, 또는 몇 십 분이었던 느낌도 들었다.

분명한 것은 릴리스의 상태가 조금 안정되었다는 것.

그리고 너무 운 탓에 눈이 부었다는 것이었다.

"그럼…… 슬슬 갈까."

동의하며 릴리스가 입을 열었다.

"……응."

나는 스테이터스 표를 꺼냈다.

조금 전 전투로 인한 경험치와 레벨 업을 확인하기 위해서다.

그리고 깜짝 놀랐다.

"어떻게 된 거야…… 이건?"

눈을 크게 뜨고 몇 번이나 확인했지만, 그 스킬은 역시 그곳에 기재되어 있었다.

"왜 나에게 이 스킬이?"

ㅁ스킬: 신룡의 축복

스테이터스를 끌어올리는 귀중한 스킬이 확실히 쓰여 있었다.

릴리스에게 표를 보여주자, 그녀도 깜짝 놀랐다.

"……마지막으로 일격을 가한 사람은…… 나일 텐데…… 어째서?"

그러다 퍼뜩 떠올랐다는 듯 그녀가 자신의 스테이터스 표를 꺼냈다.

"……앗."

영문을 모르겠다는 듯 그녀가 고개를 좌우로 흔들며, 나에게 스테이터스 표를 내밀었다.

"뭐야…… 이건?"

ㅁ 스킬: 신룡의 수호령

배드 스테이터스에 절대적인 내성을 부여한다. 성장률을 크게 상향 보정. 공격력·방어력·마력·회피 스테이터스에 모두 +500씩 보정.

잠시 나와 릴리스는 서로 마주보았다.

그리고 나는 그 자리에서 웃음보를 터뜨렸다.

"과연, 그렇구나…… 그런 건가."

"……무슨 뜻이야?"

의아한 표정으로 묻는 릴리스에게 나는 웃는 얼굴로 대답했다.

"너희 아버지는 상당한 딸바보……였다는 거야. 그 증거로 치트 스킬을 딸에게 남겨줬으니까."

"그게 무슨 말이야?"

"릴리스…… 너 말이야, 아까…… 천애고아라 외롭다고 했잖아?"

"……응."

나는 주먹을 쥐었다.

그리고 릴리스의 작은 가슴의 중심—— 심장을 톡 두드리며 이렇게 말했다.

"——너희 아버지는 분명 여기에 있어…… 너와 함께."

그 말의 의미를 이해한 순간, 릴리스는 다시 오열하기 시작했다.

그 표정은 슬픔의 빛뿐만이 아니라, 어쩐지 부드러운 빛도 섞인 듯한…… 정말 무어라 표현하면 좋을지 모르겠다.

"그나저나 너…… 눈물이 많구나?"

"……시끄러워."

나는 자리에서 일어섰다.

가방에서 물을 끓이는 도구를 꺼내, 생활마법으로 불을 붙였다.

그만큼 울었으니 목이 마를 것이다.

따뜻한 홍차라도 내어주자…… 뭐, 그런 것이다.

"이제 조금만 울어. 그리고 잠깐 쉬다가…… 돌아갈까."

"……응."

그런데……하며 릴리스가 나에게 물었다.

"……지상에 돌아가면 어떡할 거야?"

"일단 용왕의 대도서관에 틀어박혀야지. 그 다음은…… 아마 전 세계를 돌아다니며 스킬이며 장비를 모아서 레벨을 올리지 않을까."

"……나는 어떡해?"

"네 신분은 내가 보장할게. 뒤는 마음대로 하면 돼. 사서를 계속해도 되고, 다른 일을 해도 돼."

"……아까도 말했지만, 이제 나는 천애고아야. 류토가 전 세계를 돌아다닌다면, 그 동안 나는 어떻게 하면 좋을지 모르겠어."

잠시 생각하던 나는 릴리스에게 물었다.

"갈래? 같이."

그러자 릴리스는 눈을 크게 뜨고는 환한 미소와 함께 커다란 목소리로 똑똑히, 기쁜 음색으로 이렇게 말했다.

"응!"

Caracter Rough

막간 ~어떤 지룡의 이야기~

인간의 마을과 적당히 가까운 호숫가의 삼림지대.

상처를 입은 성인 용이 큰 나무 밑동에서 바닥에 드러누워 쓰러져 있었다.

온몸은 크고 작은 무수한 상처로 뒤덮이고, 숨도 끊어질 듯한 상태이며, 흘러나온 피로 땅이 붉게 물들어 있었다.

"방심……했습니다."

인간화 마법이 풀려, 용은 지금 본래의 모습이 되어 있다.

그러나 아무래도 말은 평소처럼 할 수 있는 모양이다.

──왜 이 용이 상처를 입었는가.

그 이유는 단순하다.

이 용은 강자를 원해 마을에서 밖으로 나와, 자신의 힘을 과신하였고, 상대와의 역량 차이를 잘못 파악하는 실수를 범했다.

그리고 간신히 목숨만 남아 도망쳐, 빈사 상태에 빠졌다.

단지 그것뿐이다.

아까까지 용이 대치하던 적은── 사룡 아만타.

일명 살아 있는 흉조.

일명 전승된 재앙.

그리고 일명 용족의 수치.

잘못된 마법을 써서, 살아 있으면서 승신한 사신(邪神)으로 여겨지며, 그 힘은 강력한 힘을 지닌 용족 중에서도 상위에 속한다.

그때…… 용의 거대한 몸이 크게 흔들렸다.

용은 눈을 뜨고, 필사적으로 몸에 힘을 주었다.

그렇게 일어남과 동시에 시선 끝을 노려보았다.

잠시 뒤, 주위에 작은 발소리가 울려 퍼졌다.

파란색을 기본으로 한 원피스를 입은 20대 중반의 젊고 아름다운 인간 여자.

하늘색의 긴 머리카락에 어디에나 있는 젊은 여자라는 느낌이었으나, 단지 한 군데, 오른손이 모두 붕대로 가려져 있는 점만이 일종의 위화감을 드러냈다.

여자는 용을 인식하고, 자리에 멈춰 섰다.

여자의 비취색 눈동자.

둘의 거리 차이는 거의 20미터로, 시선을 교환하기를 약 10초쯤.

용이 크게 숨을 들이마시고──.

"크아아아────!"

용의 포효가 공기를 날카롭게 진동시켰다.

그것은 마치 숲 전체를 흔들 것 같은 기세로, 포악한 큰곰마저도 그 포효를 들은 순간 맨발로 도망칠 듯했다.

그러나 인간 여자는 용의 포효에 동요하지 않고, 냉정하게 용의 온몸을 구석구석 살폈다.

그러고는 고개를 끄덕이더니 그대로 몸을 돌려 온 길을 돌아가 버렸다.

"……아무래도…… 여기까지……군요. 바로 저 여자는 동료를…… 데리고 오겠지요."

용은 그렇게 중얼거렸다.

왜 동료를 데려온다는 결론에 달했는지 보충하자면, 이야기는 단순하다.

용의 사체는 비싸게 팔린다.

비늘은 방어구로, 이빨은 무기로, 또 살은 드래곤 스테이크라는 세계 3대 진미로 꼽힌다.

보통 용은 인간과 관여하지 않고, 인간도 용과는 얽히지 않는다.

하지만 객사…… 혹은 객사하기 직전에 마무리를 짓는 형태라면 상황은 달라진다.

이성적으로 그곳에 있는 자원을 유효하게 활용하는 것이 무엇이 나쁠까……하는 말이다.

그 점은 용도 잘 알고 있고, 오히려 인간의 마을 근처에서 객사하게 될 자신이 잘못이다……하며 달관하는 마음까지 들었다.

잠시 뒤 여자가 혼자 돌아왔다.

나무 뒤에 여러 사냥꾼이라도 숨어서, 일제히 화살을 쏘지 않을까 하여 용은 주위를 둘러보았다.

그러나 사람의 기척은 없었다.

한 걸음, 또 한 걸음 여자가 용에게 다가갔다.

둘의 거리는 5미터 정도.

용은 임전태세를 취한 채였고, 여자는 오른손에 들고 있던 커다란 통을 그 자리에 놓았다.

용이 의아하여 고개를 갸웃했을 때, 여자다 부드럽게 미소를 지었다.

"……물입니다. 또 무언가 필요한 것이 있으신가요?"

그 말에 용은 몸이 굳었고, 여자는 그대로 생글생글 웃었다.

서로 마주보았다.

"…………."

"…………."

그리고 이어지는 침묵.

"…………."

"…………."

"…………."

"…………."

먼저 침묵을 깬 쪽은 용이었다.

"왜 저에게 물을? 용의 사체는 비싸게 팔립니다…… 심지어 당신들 기준으로는 평생 놀면서 살 수 있을 만큼…… 그런 재산을 쌓을 절호의 기회인데요?"

"……왜냐고 지금…… 저에게 물은 건가요?"

흠, 여자는 턱에 손을 대며 진지하게 생각하기 시작했다.

그리고 용에게 이렇게 말했다.

"……정말…… 왜 그럴까요?"

여자가 덧없이 웃었다.

그때 강한 바람이 불었다.

여자의 긴 머리카락이 바람에 날리며, 햇빛에 반짝였다.

그런 하늘색 머리카락을…… 용은 아름답다고 생각하여, 그 자리에서 감탄하는 한숨을 내쉬고 말았다.

　그로부터 일주일──.

　여자는 용의 곁에 자주 들르게 되었다.

　그 목적은 물을 용에게 주거나 또는 자양강장 약초류를 주는 형
태였다.

　물은 수고스럽지만, 뜰 수 있을 만큼 떴다.

　또 약초류도 번거롭지만, 찾으면 된다.

　그러나 식량만은 여자를 둘러싼 생활환경에 여유가 있다고 말
할 형편이 아닌 모양이었다.

　그 증거로 용에게 주는 것은 극소량의 생색내기 수준의 말린 고
기뿐이었다.

　그러나 애초에 생물은 일주일 정도 단식이라면, 문제없이 생명
활동을 계속할 수 있도록 만들어졌다.

　예를 들어 인간은 중병에 걸리면 식욕을 잃고 만다.

　이것은 왜 그런가 하면, 음식의 소화활동에는 상당한 에너지를
소비하기 때문이다.

　요는 몸속의 모든 에너지를 동원하여 병 등의 사태에 대응한다
는 말이다.

　그런 의미에서 빈사의 중상에서 일어서려던 용으로서는 여자
가 가져오는 갖가지 물품은 딱 좋은 상태의 음식이었다고 할 수
있다.

　그때 큰 나무의 밑동으로 평소처럼 물이 담긴 통을 든 여자가

나타났다.

그러나── 그곳에는 평소처럼 누워 있는 용의 모습은 없고, 대신 선이 가는 금발의 20대 미남이 서 있었다.

"실례합니다, 한 가지 물어도 될까요……?"

금발 남자에게 여자가 주저하며 물었다.

"……왜 그러시죠?"

"여기에……멋진 지룡이 상처를 입고 쓰러져 있었는데요…….'"

그러자 남자가 피식 웃으며 대답했다.

"제가── 그 지룡입니다만?"

"…………?"

"인간화 마법……이거든요."

그러자 여자가 이해가 간다……는 얼굴로 고개를 끄덕였다.

옛날이야기나 소문으로 용의 생태는 널리 알려져 있으므로, 인간화 마법에 대해서는 여자도 이미 알고 있었을 것이다.

"과연…… 그런데 상처는요?"

"아직 다 낫지는 않았습니다만…… 이제 걸을 수 있으니, 슬슬 용의 마을로 돌아갈까 합니다."

그렇게 말하고, 용은 깊숙이 고개를 숙였다.

"감사합니다. 목숨을 구해주셔서…… 요양이 끝나면 돌아오겠 습니다. 답례는 그때…….'"

여자는 고개를 좌우로 저었다.

"아직 다 낫지 않았다…… 당신은 아직 상처가 남았다는 거죠? 다소 괜찮아졌다고는 하지만, 간과할 만큼 가벼운 상처는 아닌 것 아닌가요?"

"⋯⋯네, 그것은 그렇습니다만."

그렇다면⋯⋯하며 여자가 생긋 웃었다.

"저는 혼자 살고 있거든요⋯⋯ 누구도 신경 쓸 사람이 없습니다. 그러니 저희 집에 오세요. 당분간⋯⋯ 머물다 가시면 될 거예요."

초원으로 뒤덮인 언덕 위에 집락이 있었다.

건물의 총 개수는 서른 채 정도로, 현대의 일본으로 말하자면 정원이 딸린 이층집에 5LDK 느낌의 크기였다.

그리고 각각 30미터쯤 간격을 두고 있어서, 공간이 여유롭게 배치되어 있다.

아래로는 삼림과 호수가 보여서, 어쩐지 피서지의 고급 별장⋯⋯처럼 보였다.

그런 건물 중 한 곳의 정원에 한 쌍의 남녀가 의자에 앉아 있었다.

남자는 금발의 미남.

여자는 하늘색의 긴 머리카락에 오른손은 다쳤는지, 혹은 그 외의 무언가가 있는지 붕대로 감쌌다.

두 사람은 오후 티타임을 즐기는 중인지, 허브티의 향기가 주위에 감돌고 있었다.

그때 현관 앞에 풀썩 마대자루가 놓이는 소리가 났다.

용족의 남자와 인간 여자는 현관으로 향했다.

"이 마대자루는……?"

마대자루를 들며 인간 여자는 이렇게 말했다.

"……한 달 분의 생활물자 배급이에요."

"배급……입니까."

용의 남자가 보는 방향.

그곳에는 얼굴 전체를 어깨까지 덮는…… 쓰는 타입의 마스크로 가리고, 몸 전체에 몇 겹이나 옷을 입어 피부를 전혀 드러내지 않은 남자가 있었다.

배달부라 불리는 자로, 이 집락 주민의 생명줄이 된 존재이다.

그러나 피부의 일부분도 밖으로 드러내지 않은 이상한 모습에 나아가 주민과의 접촉을 극도로 피한다고 한다.

이에 용 남자는 인간 여자에게 물었다.

"——이곳은 격리된 새너토리엄(요양소)처럼…… 보입니다만."

"네. 맞아요…… 제 경우에는 기침이 멎지 않아서요."

"과연…… 결핵입니까."

옛날부터 존재하던 전염병으로, 불치의 병이라 여겨지는 몹쓸 병의 일종이다.

폐병이기에 요양은 이처럼 공기가 깨끗한 고원지대에서 하는 경우가 많다.

그때 남자는 마대자루를 보며 궁금했는지, 여자에게 물었다.

"자루를 열어보아도?"

"상관없어요."

남자는 끈을 풀고, 당혹스러운 표정을 지었다.

"보아하니…… 여기는 상류계급의 요양소인 듯한데요?"

"애초에 상류계급이 아니라면…… 요양소에는 들어갈 수 없으니까요."

"그런 것 치고는 배급이…… 꽤나 적군요? 혼자서 살아가는데 정말로 아슬아슬한 분량으로 보입니다."

여자가 고개를 끄덕였다.

"제 남편은 2년 전에 죽었어요…… 본래는 고명한 귀족 집안이었다고 해요…… 뭐, 저는 그 덕분에 신분에 맞지 않게…… 이런 시설에 들어가는 은혜를 입은 것이고요."

"본래는……이라면?"

"정치적 실각으로 집안 전체―― 혈족 일동이 몰락하고 말았습니다. 더욱 불행하게도 그 시기에는 사업도 제대로 되지 않아 많은 부채를 끌어안게 되었지요."

잠시 생각하며, 무어라 말할 수 없는 표정으로 남자가 고개를 끄덕였다.

"……그렇군요."

그렇게 두 사람 사이에 침묵이 흘렀다.

"…………."

"…………."

"…………."

"…………."

"남편분이 돌아가셨다고 했습니다만…… 자녀분은?"

"아이…… 딸이 한 명 있었습니다. 하지만…… 가재도구를 채권자에게 빼앗기는 와중에…… 딸도 없어지고 말았어요. 아마 노예 상인에게 넘어가지 않았나 해요……."

안타까운 표정으로 남자가 하늘을 올려다보았다.

"이리저리 찾아다녔습니다만, 그래도 찾지 못해서…… 그러는 사이 심신이 모두 피폐해졌고——저는 병에 걸렸습니다."

"……그렇군요."

여자가 눈을 내리깔며 말했다.

"그 애만은 행복해지기를 바랍니다만…… 몸도 말을 듣지 않아서."

그렇게 역시 어딘가 그늘진 듯한 표정으로 웃었다.

"그러니 저는 한시라도 빨리 병이 낫지 않으면 안 돼요."

1분.

2분.

어느 정도 시간인지 모르지만, 두 사람 사이에 다시 침묵이 흘렀다.

그리고 무언가 생각에 잠겼던 남자가 고개를 끄덕였다.

"사정은 대체로 알겠습니다."

그리고 싱긋 웃으며 말을 이었다.

"이삼 일만 기다려 주십시오. 반드시 돌아올 테니까."

그날 밤, 남자는 홀연히 요양소에서 모습을 감췄다.

사흘 뒤 이른 아침, 여자의 집 문을 똑똑 두드리는 소리.

문을 열자, 그곳에는 용족 남자가 서 있었다.

남자는 싱긋 웃더니 주머니에 손을 넣어, 환약 하나를 여자에게 내밀었다.

"이것은?"

"용족의 비약…… 노블 엘릭서입니다. 본래 마을 밖으로 가지고 나가도 되는 물건이 아닙니다만……결핵에도 잘 듣습니다."

여자가 멍한 표정으로 입을 떡 벌렸다.

"……네?"

다시 용 남자가 웃으며, 여자의 머리를 부드럽게 쓰다듬었다.

"그리고…… 몸이 좋아지면 저와 같이 가시죠."

"당신과 같이…… 간다고요?"

"병이 나았다고 해도…… 돌아갈 곳이 없지 않습니까?"

"……네."

"따님도 같이 찾도록 하지요. 그리고…… 그 뒤에는…… 용의 마을에 데리고 돌아가기는 힘들지도 모르지만, 그렇다면…… 다른 장소에서 같이 지내도록 하지요."

그제야 여자는 자신이 놓은 상황을 파악한 듯했다.

그리고는 고개를 좌우로 저으며 역시 힘없이 웃었다.

"노블 엘릭서입니까…… 결핵에도 잘 듣는다고요…….."

"네, 기밀 레벨이 높은 비약입니다. 가지고 오는데 고생했습니다."

"괜한 수고를…… 하게 만들었네요. 죄송합니다."

"……괜한 수고?"

"저의 병은 그것으로는 낫지 않습니다."

그러자 남자가 고개를 갸웃했다.

"무슨…… 뜻입니까?"

여자가 오른손의 붕대를 천천히 풀었다.

그와 동시에 하얀 가루가 후드득 바닥으로 떨어졌다.

자세히 보니, 여자의 오른손 표면은 하얀색 가루로 빼곡히 뒤덮여 있었고——.

"이것은…… 염화증입니까."

"……네. 오른손 표면은 물론이고…… 내부——오른쪽 폐의 일부까지 염화가 진행되었어요. 이제 저는 오래 버티지 못합니다."

"…………."

"…………."

"…………."

"…………."

깊은, 깊은 한숨.

남자는 여자에게 안타까운 어조로 물었다.

"왜 거짓말을 한 겁니까?"

"당신은 이제 여기에서 떠날 사람이기 때문이에요. 그렇다면……."

"그렇다면?"

"절대 낫지 않는 병이라는 말을 해서 뭐하겠어요? 당신의 마음에 괜한 걱정만 끼칠 텐데요?"

"……착한 사람이군요, 당신은."

그러며 용족의 남자는 고개를 좌우로 저었다.

"제가 당신에게 할 수 있는 일은…… 없을 것 같군요. 용의 마을에도 그 병의 진행에 간섭할 만한 방법이 없습니다."

"……신경 쓰지 않으셔도 돼요."

덧없이 웃는 그녀에게 남자는 먼 풍경을 바라보며 물었다.

"……그때의 말. 딸은 행복해지기를 바란다는 말…… 그 사정과 그 말에 거짓은 없습니까?"

여자는 미소를 지우고, 무어라 말할 수 없는 표정으로 고개를 끄덕였다.

여자가 긍정하는 모습을 보며, 용도 다시 크게 고개를 끄덕였다.

"알겠습니다."

그리고 남자는 환약을 주머니에 넣고, 몸을 돌려 한 걸음 내딛었다.

"저는 이곳에 돌아오지 않겠습니다. 그럴 시간도 아깝고요. 저에게는 당신의 딸을 온 힘을 다해 찾아서, 보호할 의무가 있습니다."

순간 여자는 몸을 굳혔다 당황하며 말했다.

"그러나 당신에게 그런 일을 시킬 수는……."

여자의 말에 남자가 날카롭게 내뱉었다.

"조용히 하십시오! 용이…… 긍지 높은 용이…… 결코 거짓말을 하지 않는…… 그 용이!"

그러며 목소리를 다정하게 바꾸어 말을 이었다.

"알겠다고 했습니다. 당신의 딸에 대해, 책임을 지고 모두 받아들이겠다고—— 그렇게 말하고 있는 것입니다."

"…………."

"딸의 이름은?"

"……릴리스입니다. 잘…… 부탁드리겠습니다."

"알겠습니다."

그렇게 남자는 등 뒤로 손을 흔들며 마지막 말을 여자에게 남겼다.

"안심하고…… 편안히 살다 가십시오."

돌아보지도 않고 남자는 걸음을 옮겼다.

10분 정도 걷다가, 열흘 전까지 자신이 누워 있던 큰 나무 아래에서 걸음을 멈췄다.

그리고 그는 인간화 마법을 풀었다.

——용으로.

동시에 입을 열고 이렇게 말했다.

"——스킬: 천리안을 발동…… 성노예로 삼는다고 해도 역시 아이에게는 손을 대지 않겠지만…… 그래도 느긋하게 찾을 시간은 없겠지요. 깨끗한 몸인 채로 회수할 수 있다면 좋겠습니다만…… 서둘러야겠군요."

그러며 등에 달린 거대한 두 날개로 힘차게 공기를 갈랐다.

비약.

거대한 몸이 둥실 떠올랐다.

더욱 날개를 움직여, 단숨에 하늘로 날아올랐다.

그대로—— 지룡은 엄청난 기세로 동쪽 하늘을 향해 날아갔다.

——그로부터 12년의 세월이 지나고, 용은 천수를 누리고 떠났다.

——그 애만은 행복해지기를 바란다.

소녀의 어머니의 마음에 응하기 위해, 금색 신룡은 소년에게 축복을 내렸다.
그리고 금색 신룡의 영혼은—— 소녀에게 깃들었다.

Caracter Rough

드디어 엄청나게 강해졌습니다!

~사룡 토벌~

──백마 탄 왕자님은 없다.

그 사실을 깨달은 것은 언제일까.

서로가 여섯 살이 되고, 신탁이 내려진 그 날, 나는 그 녀석에게 이렇게 말했다.

"저기, 류토? 나…… 용사가 된대…… 모든 사람을 지키기 위해서…… 싸우지 않으면 안 된다고…… 어떻게 하면 좋을까?"

그 날, 그때, 그 녀석은 나에게 이렇게 말했다.

"너는 용사야. 그럼 다른 사람을 지키기 위해 싸우면 되잖아?"

그 말에 그 날, 그때, 나는 그 녀석에게 이렇게도 말했다.

"하지만…… 무서워……. 악마도, 사룡도, 마왕도…… 마신도……모두 용사의 적이잖아? 나는 못 해."

역시 그 말에 그 날, 그때, 그 녀석은 나에게 말했다.

"……그럼 내가 도와줄게. 무슨 일이 있어도, 네가 어디에 있어도, 상대가 누구라도…… 네가 위급한 순간에 내가 달려가서, 반드시 날려줄게. 그러니 안심하고…… 너는 용사로서 싸워. 내가…… 도와줄 테니까. 반드시."

어린 마음에 그 말이 무척 기뻤던 것이 기억난다.

실제로 그 녀석은 묘하게 어른스러워서, 어린 시절에는 계속 내가 여동생이고, 그 녀석이 오빠 같았다.

넘어져서 무릎이 까져 우는 나를 달려주거나, 미아가 된 나를 찾아주거나.

나에게 그 녀석은 옛날이야기 속에 나오는 백마 탄 왕자님──

응, 거창하게 말하자면 그런 존재였을지도 모른다.

그러나 나의 나이가 열 살을 넘을 무렵 나는 깨달았다.

——내가 아무리 위급한 순간이라도, 금세 나타나 악당을 물리쳐주는 그런 백마 탄 왕자님은……존재하지 않는다고.

그 녀석은 마을사람이고, 나는 용사.

그런 당연한 사실의 진짜 의미를 나는 깨달았다.

성장률도 다르고, 직업 스킬도 다르다.

무엇이든지 달라서…… 그 녀석과 내가 미래에 도달할 길은 어느새 완전히 다른 길이 될 것이라고.

하지만.

나는 그래도 괜찮았다.

그 녀석이 마을사람이라면 나는 용사.

그때 그 녀석은 오빠처럼 나를 지켜준다고 말했지만…… 내가 그 녀석을 지키면 된다.

그 녀석은 평화롭게 밭을 갈면 된다.

그 녀석과 그 녀석의 가족과 우리 가족과 내가 좋아하는 이웃 아저씨와 아주머니들이…… 내가 사냥해온 사냥감으로…… 가끔 바비큐 같은 것도 하면서, 다 같이 웃으면 된다.

——그리고 그런 모두의 웃음을 지키는 것이 나의 일. 응. 그럼 됐다. 나의 사명은…… 그 규모가 좀 더 커졌을 뿐.

그리고 3년 전.

열두 살이던 그 날 신기한 일이 벌어졌다.

그 녀석은 놀랍게도 수백 마리의 고블린과 맞서며, 용사를 뛰어넘을 정도의 힘을 보였다.

그렇다고 해도 그때 그 녀석의 힘은 나와 비교하면 오십 보 백 보.

실제로 그 녀석도 크게 피폐해졌고, 그 날 그때 그 녀석이 말한 것처럼 어떤 위급한 상황이라도 구해준다……는 생각까지는 들지 않았다.

뭐, 마을사람이 그 정도까지 자신을 성장시켰다……는 사실에 나는 경악했을 뿐이었다.

아무튼 내가 무슨 말을 하고 싶은가 하면…….

──어떤 위기라도 해결해줄 백마 탄 왕자님은 존재하지 않는다.

하지만 어떤 위기라도 같이 극복해낼 수 있는…… 그런 신뢰할 만한 전우라면 반드시 존재한다. 뭐, 그런 말이다.

내가 여기까지 말을 마치자, 일동이 폭소했다.

시각은 밤.

장소는 숲, 그리고 연회.

"전우라니…… 또 그 이야기야, 코델리아? 당시 열두 살이 고…… 스테이터스 성장 전이라고는 하지만, 너에게 마을사람이 이길 리가 없잖아?"

포도주를 가볍게 마시며, 나는 기사단장에게 항변했다.

"아니, 그래도…… 실제로 나는 그때…… 그 녀석 덕분에 구사 일생……."

"그 뒤가 웃기잖아. 너의 왕자님은 용과 함께 어디론가 떠나고 말았다며? 무슨 판타지냐."

그러자 일동이 더욱 크게 웃음을 터뜨렸다.

술이 돌면서, 다들 꽤나 기분이 고조되었다.

"무슨 판타지냐고 해도……."

"그보다 코델리아?"

기사단장의 미소에 나는 가시가 섞인 말투로 대꾸했다.

"뭔데요?"

"고블린이 4백 마리였다고? 그 정도라면…… 나를 포함한 베테랑 모험가라면 누구든 잡을 수 있는데? 나도 1500쯤인가…… 그리고 지금 너라면 1만 마리도 여유롭잖아?"

"그야 뭐, 그렇지만……."

"열두 살 난 마을사람이라면, 물론 대단한 수준이지만 거기서 그 마을사람이 얼마나 성장할 수 있을까? 단언하지만 성장률은 네 발밑에도 미치지 못할걸?"

"그건 그럴지도 모르지만요……."

"그런 마을사람이 너의 전투 역할을 맡기란 너무 짐이 무거울 테니 무모한 바람이지 않을까? 애초에 이야기도 수상쩍지만."

으으으. 나는 볼을 부풀렸다.

뭐, 솔직히……내가 이 이야기를 타인에게 들어도 믿을 수 있을 리가 없다.

나의 성장기록── 세계연합의 공식기록상, 고블린 사건에 대해 후반은 나의 마력폭주에 따른 기억 혼동으로 정리되었다.

실제로 고블린을 해치운 사람은 나고, 또는 류토라는 소년이 사망하여 그 영향으로…… 나에게 기억 혼동과 폭주가 일어났다고.

그런 식으로 결론이 내려졌다.

심지어 마지막에는 용까지 나타났다고 하니까 믿기지 않는 것은 알겠지만.

그래도…… 나 자신도 생각할 때가 있다.

정말 세계연합에서 파견된 사무국 무리의 말대로 그것은 모두 기억 혼동──꿈이 아닐까 하고.

류토가 그 자리에서 죽었다면, 당시 열두 살인 나로서는 도저히 버틸 수 있는 일이 아니다.

게다가 결과적으로…… 내가 끝까지 지키지 못한 탓에 그가 죽었다면.

그렇게 될 만하다.

그럼 나의 마음은 슬픔에 결코 이길 수 없다.

뇌는 확실히 기능을 잃고, 정신장애라는 의미로 치명적인 상태에 빠질 것이다.

따라서── 빠르게 회피하기 위해 그 현실에서 눈을 돌리려고 말도 안 되는 환상을 본 것이 아닐까……하고.

나는 볼을 크게 부풀렸다.

"네, 네, 알겠어요. 어차피 그때의 기억은…… 제 기억장애나 어떤 문제겠지요."

그렇게 말하며 레드와인을 병째로 마셨다.

턱수염이 난 기사단장이 즐거워하며 말했다.

"오, 코델리아? 마시는 편이구나?"

그러며 기사단장이 크게 고개를 끄덕였다.

"뭐, 아무튼 우리도 심연의 대삼림의 깊은 곳에서 이렇게 술자리를 벌일 수 있는 것은…… 코델리아 덕분이니까. 너만 있으면…… 이 주변의 마물이라면 우리의 상대가 아니야."

그때 나의 머릿속에 살짝 위화감이 느껴졌다.

이번 원정은 대삼림을 빠져나간 곳의 사막에 있는 샌드웜의 토벌이다.

상단을 이끄는 대부호로부터 거액의 헌금도 나올 정도로, 목표인 마물도 강하다. 80을 넘는 나의 레벨도 조금 올라갈 것이다.

하지만…… 가슴에 불길한 예감이 들었다.

확실히 이 숲에서는 마셔도 된다. 경계심은 없어도 된다.

기사단 사람들도 우수하다.

내가 나갈 것도 없이…… 보통 마물이라면 여럿이 순식간에 잡을 것이다.

따라서 우리는 승리를 축하하는 전야제로써 연회를 열고 즐기는 것이지만…… 가슴에 스멀스멀 꺼림칙한 예감이 느껴졌다.

마신 와인의 양은 잔으로 한 잔 반 정도── 평소 저녁식사 때와 다르지 않으므로, 전투에 지장은 없다.

그러나 나는 갑자기 일어섰다. 이어서 잔에 든 와인을 버리고, 단숨에 물을 마구 들이켰다.

──생존확률을 높이기 위해서.

"왜 그래, 코델리아?"

등에서 식은땀이 흘렀다. 이 감각은…… 3년 전에 고블린 군세가 우리 마을을 습격했을 때 이래다.

"아니…… 조금…… 취해서."

이미 취기는 가셨다.

그보다 애초에 거의 취하지 않았다.

술자리의 분위기를 파악하여 술기운이 돈 척은 했을지도 모르지만, 사실 이 자리에서…… 모두의 목숨을 맡고 있는 사람은 나다.

엄밀하게 말하면 현재 기사단장은 나의 보좌관이다.

기사단 사람들은 나를 어린애 취급하지만, 막상 전투가 벌어지면 모두 프로가 된다. 무엇이 이득이고, 무엇이 손해인지 잘 안다.

따라서 모두가 나의 지휘하에 들어온다.

그리고 나는 그런 교육을 받아왔고, 실력으로도 현장을 납득시킬 압도적인 힘이 있다.

지금 나의 힘은 B랭크 모험가의 하위 그룹에 들어간다.

B랭크라고 하면, 보통은 레벨 100을 넘는 수준에서 따지는 것이 일반적이지만, 그 부분은 나의 용사로서의 성장률 보정이 있으니까…….

뭐, 그 점은 차치하고, 나의 힘은 슬슬 전술병기라 불리는 영역으로, 강제 징병한 잡병이 상대라면 천 단위의 전력과 비견된다.

그런 나의 모습이 달라진 것을 보고, 다들 물을 들이켜기 시작했다.

그리고 각자 자신의 무기를 손에 들고, 주위를 경계했다.

과연 일찍이 오크 킬러라 불리던 호랑이 단장이 이끌던 기사단이다.

마구 풀어져 노는 것처럼 보였지만, 의외로 술은 자제하고 있었던 모양이다.

"……아가씨?"

기사단장이 나를 부르는 호칭이 전장에서 부르는 것으로 바뀌었다.

그는 나의──용사로서의 육감에 큰 신뢰를 보내고 있다.

"…………샌드웜 토벌 의뢰는 포기하는 편이 나을지도 몰라. 크게 불길한 예감이 들어."

나의 말에 기사단장이 조용히 동의했다.

그리고 손을 들어 주위의 모두에게 들릴 만한 목소리로 전했다.

"──현 시각을 기점으로 샌드웜 토벌 명령을 포기한다. 전원, 지금부터 철수전으로──아……갸악?"

어느새 기사단장의 위턱과 아래턱이…… 이별하였다.

엄밀하게 말하자면, 두부 절단이라고 한다.

──카마이타치……였을 것이다.

용사인 나조차, 전혀 보이지 않는 진공의 참격.

본래 나의 급격한 상태 변화에 이상함을 느낀 단원들.

그리고 철수를 알린 기사단장이 중간에 갑자기 사망한 점.

치명적인 것은——나조차 그 공격에 전혀 대처하지 못한 사실을 단원들이 눈치챘다는 점.

"아하! 아하하! 아하하?! 있잖아, 언니? 그리고…… 오빠들? 왜 그럴까? 왜 그럴까?"

용사인 나조차 어떤 기적도 느끼지 못하게…… 홀연히 눈앞 10미터 위치에 나타난 것은 검은색과 보라색을 바탕으로 한 고딕 롤리타 의상을 입은 소녀였다.

나이는 열 살 언저리의 금발 롤머리…… 나보다도 몇 살 연하였다.

그리고 그것은—— 전설의, 저 위험생물의 모습과 완전히 일치했다.

"……너는?"

"아하?! 아하하하?! 있잖아, 언니? 용사지? 언니 용사지? 심지어 성장 중인 약한 용사지? 그런 언니가 이런 약한 기사단을 이끌고…… 있잖아, 있잖아? 질문해도 돼?"

"……뭔데?"

"죽고 싶어? 바보야? 죽을 거야? 죽을 생각이야?"

"……그러니까 넌 누구냐고…… 묻고 있는데?"

고딕 롤리타 의상의 프릴 스커트를 양손으로 잡아 조금 올리며, 롤머리 소녀가 고개를 갸웃하며 말했다.

"사룡 아만타…… 그럭저럭 유명한 전설의 마물 아냐?"

"그런 건 알고 있어!"

지금까지 수많은 용사가 젊은 시기에…… 성장하기 전에 이 녀석에게 먹혔다.

그러나 기사단장이 죽었다고는 해도, 여기 있는 모두가 연계하여 이 녀석과 싸우면…… 큰 희생은 나겠지만, 대처할 수 있다.

식은땀을 흘리며, 나는 허리에 찬 장검으로 손을 뻗었다.

"모두 잘 들어! 일단…… 이 녀석을 다 같이 포위해──!"

그러나 나의 목소리는 누구에게도 닿지 않았다.

"어라, 어라? 언니? 언니? 언니는 바보인가?"

"무슨 소리야?"

"왜 일부러 이쪽이── 처음에 가장 강한 언니가 아니라, 기사단장을 죽였다고 생각해? 생각해?"

"…………?"

"겉으로만 그럴싸한 사람에게 단원이 얼마나 신뢰를 하고 있을까? 있을까? 또…… 정말 신뢰하던 단장이 순식간에 죽는 모습을 보고…… 게다가 언니는 대처할 수 있을 것 같지 않다면…… 다들 보통은 어떻게 될까? 될까?"

주저하며 나는 등 뒤를 바라보았다.

모두 수백을 넘는 기사단은── 공포에 빠져 있었다.

무기를 든 채 도망가는 자.

무기를 버리고 도망가는 자.

그런 자들이 대부분.

단 세 사람만이 나의 뒤에서 검을 쥐고 아만타와 대치하고 있었다.

그때 킥킥거리는 아만타의 웃음소리.

"스킬: 매료."

그 말과 동시에 남은 세 사람이 무기를 들고 나에게 돌진했다.

"범하고 죽여."

아만타의 말과 함께 기사단원의 하반신이—— 바지 아래에서 부풀어 올랐다.

아아, 나는 말문을 잃었다.

——최악이다.

과연 사룡. 이것은 정말 최악의 부류에 속하는 적이다.

"미안해…… 미안…… 정말 미안."

성검을 세 번 휘둘렀다.

슉 하고 세 번 바람을 가르는 소리. 그리고 털썩 세 번, 둔탁한 소리.

그리고 만들어진 시체가 셋.

아만타에게 살기를 담아 노려보며, 각자 도망치고 있는 모든 사람에게 큰소리로 외쳤다.

"안 돼! 다들…… 진정해! 다 같이 덤비면…… 어떻게든 될 테니까!"

그러나 나의 목소리는 닿지 않았다.

"킥킥……. 있잖아, 언니? 지금 어떤 기분이야? 기사단 모두에게 버림받고, 무시당하고…… 지금 어떤 기분이야?"

참고로…… 하고 운을 떼며 아만타가 말을 이었다.

"용사가 허접한 기사단조차 이끌지 못하다니, 정말 웃기네!"

몇 번이고, 몇 번이고 아만타가 양손을 일사분란하게 휘둘렀다.

동시에 카마이타치가 발생.

사체가 그 자리에 양산되어갔다.

정면을 보았다면 달랐을지도 모르지만, 도망치고 있는 등에 그저 공격을 가하는 작업—— 그것은 간단한 작업이었을 것이다.

이윽고 그 자리에는 나와 아만타 외의 생명의 숨결이 사라졌다.

"있잖아, 있잖아 언니? 혼자가 되고 말았는데…… 어떡할래? 어떡할래?"

나는 검을 쥐며 이렇게 대꾸했다.

"죽일 거면 죽여—— 나는 아마 지겠지. 단, 그 팔 하나는…… 같이 가져가겠어."

꺄하하하, 아만타가 웃었다.

"언니에게 그럴 자유도 없는데?"

아만타가 즐겁게 웃으며, 금발 롤머리를 넘겼다.

그리고 집게손가락을 세웠다.

"에잇♪"

손가락 끝에는 20센티미터 정도의 마력 에너지 덩어리.

그것을 나에게 쏘았다.

"흡!"

성검을 휘둘렀다.

마력구를 둘로 갈랐다.

"흐음. 그럼 이건 어떨까? 에잇♪"

"흡!"

50센티미터의 마력구를 잘라냈다.

"에잇♪"

"흡!"

1미터의 마력구를 갈랐다.

"에잇♪"

"흡!"

2미터의 마력구를 베었다.

"에잇♪"

"흡!"

3미터의 마력구를 잘라냈다.

그때 나의 등에 식은땀이 흘렀다.

──이보다 더 큰 마력구를 베는 것은…… 불가능해.

"어라, 어라? 언니, 왜 그래? 에잇♪"

아만타의 손가락에서 쏘아진 5미터 크기의 마력구.

심지어 매우 빠른 속도로 날아왔다.

나는 몸을 날려 피했다.

제대로 피한 마력구는 뒤로 날아갔으나── 그 구체에는 자동 추적 기능이 달려 있는 모양이다.

피했을 터인 마력구가 나를 다시 노리고 날아왔다.

이번에도 몸을 날렸으나, 완전히 피하지 못하고── 피탄.

오른손에 스치듯이 마력구를 맞았다.

팔꿈치 뼈에 금이 갔나보다.

따끔한 고통이 느껴지며, 나는 장검을 놓쳤다.

"꺄하! 꺄하하!! 꺄하하하하하?! 있잖아, 있잖아? 죽는 거야?! 죽는 거야? 용사? 용사가 죽는 거야?!"

즐겁게 웃으며, 아만타가 다시 오른쪽 집게손가락을 내밀었다.

그리고 나는 경악했다.

"10미터짜리 마력구라니…… 꿈인가?"

아무튼 피할 수밖에 없다.

그때 피하려고 한 나의 발밑——지면에서 북슬북슬한 팔이 튀어나왔다.

나의 발이 손에 잡혀, 움직이지 못하는 상태로 왼손에 마력구가 스치듯이 지나갔다.

정면에서 바로 맞았다면, 자칫하면 목숨을 잃었을 것이다.

아니, 하지만 지금 타이밍이라면 여유롭게 똑바로 직격시킬 수 있었을 터.

설마 이것은…….

"일부러…… 빗나갔다?"

맞아, 하며 아만타가 움직이지 않는 나의 양손을 보며 만족스럽게 고개를 끄덕였다.

"그게 나…… 좋아하거든."

"좋아하다니…… 무엇을?"

"돼지——오크 집단에 현자나 용사 언니가…… 윤간당하는 걸 보는 게—— 너무 좋거든♪"

아만타가 손가락을 딱 울렸다.

그러자 지면에서 한 인간돼지――오크가 나타났다.

허름한 천을 두르고, 방망이로 무장하며 이족보행을 하는 인간형 돼지가 총 열 마리 정도.

지면에 터널이라도 팠는지, 차례차례 아만타의 등 뒤에 오크가 땅에서 기어 나왔다.

그렇게 아만타의 뒤에 백에 가까운 오크 집단이 출현했다.

소름이 끼쳤다.

모든 오크가 중요부위를 세우고, 거칠게 콧김을 뿜어내고 있었다.

뚝뚝 떨어지는 침소리. 비릿한 숨결. 훑어보는 듯한 시선.

"아……앗……."

다친 탓에 나의 양손은 움직이지 않았다.

일단 가장 가까운 오크의 목덜미에 발차기를 가했다.

"흐갹――!"

괴성을 내며, 뚝 하는 둔탁한 소리가 발등에 전해졌다.

숨골을 파괴했다. 이제 이 오크는 전선에서 완전히 무력해졌다.

그러나……나는 이를 갈았다.

확실히 오크는 약하다.

다만 그 뒤에 아만타라는 절대적인 폭력장치가 있는 이상, 앞으로 무슨 일이 벌어질지는 정해져 있다.

당장이라도 맥없이 쓰러질 것 같았으나, 그럼에도 나는 아만타를 노려보았다.

"……그래도 나는 용사…… 사악한 자에게 굴하지 않아."

"킥킥킥."

진심으로 즐겁다는 어조로 아만타가 말했다.

"있잖아, 언니? 자궁에 씨가 뿌려져도…… 같은 말을 할 수 있겠어? 응, 응? 인간도 오크의 아이는 낳을 수 있거든?"

그 말에 오싹하며 등줄기가 서늘해졌다.

다가오는 오크.

그 하반신을 보며…… 생리적인 혐오감이 나의 머릿속까지 지배했다.

간단히 말하면, 좌절했다.

50센티미터는 가볍게 넘는 엄청난 크기의…….

나는 오물에서 얼굴을 돌리고, 쥐어짜내듯이 말했다.

"……뒤."

"응? 뭐야? 뭐야? 언니?"

"……그러니까…… 그……그만……뒤……."

"응? 왜…… 그만두었으면 좋겠어?"

"──좋아하는 사람이 있어. 그러니까…… 오크만은…… 오크만은…… 그만뒤……!"

그 말에 정말 기쁜 듯이 아만타가 고개를 끄덕였다.

그리고 다시 집게손가락을 세우고, 반경 20미터 크기의 마력구를 만들어냈다.

"꺄하!! 꺄하하하?! 있잖아, 있잖아, 언니?"

"……물러나게 해줄 거야?"

"아니? 두 다리가 멀쩡하면…… 언니는 오크를 차서 죽여버릴 것 같으니까…… 다리를 하나 무력화시키도록 할게? 좋아하는 사람이 있는 여자를 오크가 레이프…… 이거 재미있겠는데……."

그러며 아만타가 집게손가락을 내밀었다.

──반경 20미터 크기의 마력구인가…….

아무래도 나로서는 처리할 수 없을 것 같네.

그렇게 생각하며, 나는 입속에 숨겨둔 알약을 혀 위에 올렸다.

혀를 살짝 내밀어 아만타에게 약을 보였다.

"바곳속과 맨드레이크로 만든 알약이야. 타액으로는 녹일 수 없지만…… 위액에는 녹아."

이런 일을 하고 있기에 만약을 위해 준비한 것이다.

어차피 죽는다면, 나는 깨끗한 채로 죽겠다.

"죽을 거야? 죽을 거야? 언니…… 자살할 거야?"

"역시…… 자존심이라는 게 있으니까."

"꺄하하? 꺄하하? 있잖아, 언니? 정말 죽을 거야? 죽어버릴 거야?"

"나는 그래도 상관없어."

시시하다는 듯 아만타가 볼을 부풀렸다.

"정말 재미없네. 오크 윤간쇼를 시작으로…… 이것저것 생각했는데……."

아만타의 손끝에 생긴 마력구가 더욱 커졌다.

반경 20미터, 25미터, 30미터.

하늘을 향해 치켜든 손가락 끝── 거대한 마력에 나는 말문을 잃었다.

"그래도 뭐, 여기서 자살한다니 흥이 깨졌네. 그럴 거면 내 손에 죽어주려나? 주려나?"

압도적인 마력이 나에게 다가왔다.

아아, 이것이 나의 마지막인가……하며 지금까지의 기억이 주마등처럼 머릿속을 스쳤다.

나는 최대한 저항하고자── 아만타에게 등을 보였다.

그리고 힘껏 달렸다.

너무나 꼴사나웠다.

도저히 용사답지 않았다.

그러나 이 경우 나의 승리조건은 오직 하나.

그것은 나의 생존.

만에 하나의 가능성을 걸고, 나는 그저 달렸다.

하지만 마력구의 속도는 내가 전속력으로 뛰는 속도보다 다소 빨랐다.

뒤를 돌아보았다.

──그곳에는 반경 30미터를 넘는 마력구. 제국 수도의 대마도사라도…… 이렇게까지 거대한 구체는 대의식에 의한 서포트와 사전준비가 없이는 만들 수 없을 것이다.

아니, 이것이 가능하기에 이 마물은 전승에 남은 것이다.

그것은 당연하다면 당연한 이야기다.

"아무래도 여기서 끝인가 봐. 미안해, 류토……."

그러나 나는 정조를 지켰다.

꼴좋다, 망할 오크놈들—— 너희에게 빼앗길 정조는 없으니.

뒤를 다시 보았다.

구체와의 거리는 약 3미터쯤.

이제 곧 나는 마력구에 휩쓸려…… 죽는다.

"안녕…… 안녕—— 류토."

지금 그야말로 마력구에 맞으려고 한 순간—— 그리운 목소리가 들렸다.

아니, 그 목소리는 내가 아는 것보다도 한 옥타브 낮았다.

아마 3년 사이에 변성기가 왔을 것이다.

"멋대로…… 안녕이라고 말하면 안 되지?"

구체와 나 사이에 그림자가 끼어들었다.

그 그림자는 코웃음을 침과 동시에—— 등에서 대검을 뽑지도 않고, 훅과 어퍼컷을 날리듯이 반경 30미터가 넘는 구체를 주먹으로 때렸다.

——슈욱 하고 바람을 가르는 소리.

동시에 지금까지 수많은 영웅을 쓰러뜨려온 아만타의 마력구가 사라졌다.

솔직히 이 상황이 믿기지 않았다.

인간이 아만타의 힘을 없애버리는 이 현상도.

그리고 내 앞에 왜 이 녀석이 있는가…… 하는 것도.

"류토……?"

류토가 돌아보며, 나에게 걸어왔다.

그리고 부드럽게 나의 어깨에 손을 톡 올렸다.

"용사님? 어깨가 떨리고 있는데······? 정말······답지 않게. 뭐, 뒤는······ 나에게 맡겨줘."

"·················어?"

"약속했잖아? 무슨 일이 있어도, 네가 어디에 있어도, 상대가 누구라도······ 나는 네가 위급할 때 달려와서, 반드시 해치워주겠다고······말이야."

나의 머리를 주먹으로 톡 치고는 류토가 그대로 앞으로 나아갔다.

정말 무엇이 어떻게 되었는지 모르겠다.

영문을 모르겠다. 상황이 이해가 되지 않는다.

마을사람이······ 용사조차도 즉사할 마력구를 주먹으로 날렸다? 그런······ 설마, 말도 안 되는.

하지만 류토는······ 뒤는 맡기라고 했다.

──그리고 어릴 때부터 이 녀석은 나에게 한 번도 거짓말을 하지 않았다.

따라서 나는 휘청휘청 그 자리에서 무너졌다.

솔직히 긴장의 끈이 끊겼다.

어떻게 된 일인지 모르겠지만, 류토가 왔으니까······ 어떻게든 되리라며 나의 마음이 안심한 것이다.

어린 시절부터 각인된 말을 들었기 때문일까.

지금은 내가 용사고, 이 녀석은 마을사람.

입장도, 실력도 전혀 다를 텐데······ 그래도 그 등에서 느껴지는 안도감은 어째서인지 전혀 달라지지 않았다.

류토의 등, 든든한 등.

왜 그럴까. 깜짝 놀랄 만큼 진다는 생각이 들지 않았다.

——백마 탄 왕자님은 없다. 어떤 위기도 해결해줄 백마 탄 왕자님은 존재하지 않는다……고 아까까지는 그렇게 생각했다.

하지만 나는 류토가 나타난 그 순간 그 생각은 잘못된 것이라 느꼈다.

아니, 그것은 깨달음이라고 해도 좋다.

어떤 위급한 순간이라도 달려와서 나를 구해주는…… 그런 백마 탄 왕자님은…… 정말 존재했다.

——그것은 류토=맥클레인. 나의 소꿉친구다.

어디…….

마을을 습격한 고블린 사건으로부터 3년. 뭐, 여러 가지가 있었다. 응, 그것은 드래곤 좀비부터…… 여러 가지가 있었다.

몇 번이나 죽을 뻔했는지 모른다.

그러나 그렇기에 나는 강해졌다.

그리고 현재.

——등 뒤에는 떨고 있는 용사, 앞에는 사룡.

악한 자와 지켜야 할 자—— 상황은 매우 간단하다.

"저기, 누구야? 넌 누구야? 나의 마법을 튕겨내다니, 넌 누구야? 어느 나라에서 파견된 A랭크 모험가? 있잖아, 있잖아, 정말 누구야? 아니면 넌…… 용사? 저기, 저기? 용사야?"

"A랭크 모험가라니……이거 너무 얕보였는데. 아무튼…… 누구냐고 질문했지?"

그리고 손가락으로 욕을 하며 나는 이렇게 대답했다.

"나는————세계 최강의 마을사람이다."

내가 말을 마치자마자—— 아만타의 양손에서 손톱에 날카롭게 뻗어 나왔다.

그것은 고양이가 평소에는 발톱을 숨기고 있는 것과 마찬가지로, 말하자면 전투 모드에 들어갔다는 뜻이다.

그리고 손톱에서 떨어지는 보라색 물방울을 보며 나는 쓴웃음을 지었다.

"과연. 용이라기보다는…… 독사인가. 사룡이라고 할 정도니까 뭐, 그런 존재겠지."

지면에 물방울이 떨어졌다.

반경 몇 미터의 풀이 순식간에 시들자, 기쁜 듯이 아만타가 웃었다.

"우후후. 있잖아, 있잖아, 오빠? 오빠? 아름다운 장미에는 가시가 있거든?"

"장미인가…… 보기에는 그냥 식충식물인데. 건드리면 다칠 테니까 가능하면 건드리고 싶지 않지만."

실제로 겉보기는 열 살 전후에 고딕 롤리타.

현대 일본에서 손을 대면 금세 경찰에 끌려가는 의미로 아웃이
다.

그때 아만타가 킥킥 웃었다.

내 뒤의 코델리아를 확인하고, 정말 즐거워하며 웃었다.

"있잖아, 있잖아, 오빠? 오빠?"

"뭔데?"

"언니가 있잖아? 언니가 있잖아?"

"그러니까 뭔데?"

"──좋아하는 사람이 있대! 저기, 저기, 오빠? 오빠?"

"……왜?"

"혹시 말이야? 혹시 말이야? 언니가 좋아하는 사람이 바로──
오──."

곧바로 가속.

상대는 확실히 어린 소녀지만, 그것은 외모만 그렇다.

실제로는 동안 할멈.

한마디로── 짜증난다.

등에 지고 있던 검을 뽑아, 나는 아만타의 정수리를 노리고 위
에서 크게 내리쳤다.

"꺄하하! 꺄하하하!"

즐겁게 춤을 추듯이 아만타가 웃으며 나의 공격을 피했다.

"있잖아, 있잖아, 오빠? 오빠? 어디서 그런 검을 손에 넣었어?
손에 넣었어?"

발 버릇이 나쁜 꼬마 같다.

일단 하단 발차기.

백스텝으로 피함과 동시에 똑같이 거리를 좁혀왔다.

이어서 머리를 향해 상단 발차기——인 척하며, 중간에 궤도를 바꿔 가운데로.

——브라질리언 킥.

꽤나 하는데. 이 금발 고딕 꼬마.

"큭……!"

그대로 옆구리에 피탄.

조금 내장이 충격으로 들썩거렸다…… 생각보다 더 강한데.

——스킬: 불굴 발동.

간신히 나는 쓰러지지 않고, 아만타를 향해 검을 옆으로 휘둘러 답례했다.

그러자 나의 검술은 완전히 파악했다는 듯, 춤을 추는 것처럼 피했다.

아만타가 여유로운 미소를 지었다.

"있잖아, 있잖아, 오빠? 오빠? 그 검…… 엄청 희귀한 검이지? 강한 검이지? 그야말로 베테랑 용사가 가질 법한 검 아닐까? 아닐까?"

검을 우아하게 피하며 아만타가 말을 이었다.

"그래도, 그래도? 오빠에게는 그 검이 조금 안 어울리는 것 아닐까? 아닐까?"

킥킥 조소하는 소리가 숲속에 퍼졌다.

그때 나의 뒤에서 코델리아가 자신의 검을 쥐며 말했다.

"류토? 넌 확실히 강해졌어…… 그것도 아주 강하게. 그 정도는 알 수 있고, 실제로 나와 같이 싸울 수 있는 수준이라고 생각해."

"그거 참, 고맙네."

"……나는 너를 존경해. 왜냐하면 너는—— 어느 정도 성장한 용사…… 나와 거의 같은 차원에 있으니까. 평범한 마을사람이 어떻게 여기까지 올라왔는지…… 정말 너라는 남자는……."

그러며 코델리아가 나의 등쪽으로 걸음을 옮겼다.

"류토? 둘이서 하자? 지금 나와 지금 너라면, 설령 재앙이 상대라도—— 해내지 못할 일은 없어. 뭐, 혹시 너 혼자서…… 퇴치할지도 모른다고 생각했지만. 상대는 재앙으로도 일컬어지는 대단한 상대…… 아무래도 그것은 힘들——."

그제야 나는 어쩔 수 없다는 듯 어깨를 으쓱했다.

"나와 너 둘이서…… 사룡 따위와 대치한다고? 왜?"

엇…… 하며 코델리아가 입을 떡 벌렸다.

"……아까 전투를 봐서 그러는데? 너 혼자서는 아무래도 힘들다고나 할까…… 안 돼."

과연, 나는 쓴웃음을 지었다.

"저기, 코델리아?"

"응?"

잠시 뜸을 들인 뒤, 나는 입을 열었다.

"——나는 방금 전투에서…… 신체 능력 강화를 쓰지 않았어."

"……뭐?"

코델리아가 굳어버렸다.

"그러니까 신체 능력 강화를 안 썼다고."

무슨 말을 하는지 모르겠다는 듯 코델리아가 더욱 몸을 굳혔다.

"……그거……무슨 뜻이야?"

"신체 능력 강화란 가장 기초적이고, 가장 효율이 높은 스테이터스 증강 스킬이지?"

"그래, 그런데…… 특히 근접전 전투에는 필수 스킬이고, 설령 검사가 그것을 쓰지 않는다면…… 마법사가 마법을 쓰지 않는 것과 같은 소리인데……."

"그런 신체 능력 강화를 쓰면, 근접전에 필요한 스테이터스가 배가 되지?"

그러자 코델리아가 신경질이 난 표정을 지었다.

"미안, 정말 무슨 뜻인지 모르겠어. 그게 대체…… 무슨 소리야?"

"아니, 실제로…… 다른 강화 스킬은 여러 가지 썼거든? 하지만 나는 수행을 위해 기본적인 신체 강화 계열 스킬은 쓰지 않기로 했어. 방금 경우에는 신체 능력 강화고……."

코델리아의 표정이 점점 창백해졌다.

뭐, 사실 이것이 얼마나 상식 밖의 일인지 스스로도 알고 있다.

"저기, 너 말이야? 진심으로 말하는 거야?"

"그래, 한마디로 나는──능력을 다 쓰면 지금보다 두 배 더 강해."

그러자 나의 뒤에서 분위기를 읽지 않고 아만타가 시시덕거리며 달려왔다.

"오빠? 오빠? 전투 중에 한 눈 팔면 안 된다는 거 못 배웠어? 못 배웠어?"

──신체 능력 강화 발동.

공격력 · 방어력 · 회피 모든 스테이터스가 두 배가 되었다.

주위의 모든 것이 느리게 보였다.

그리고 내가 한 공격은──.

──주먹치기.

앞니 두 개가 깨지고, 전혀 반응하지 못한 아만타가 엄청난 기세로 뒤로 날아갔다.

숲의 큰 나무와 격돌했으나, 그럼에도 기세가 줄지 않았다.

열 그루 이상의 나무에 부딪치며, 자연 파괴를 행하며 20미터 정도…… 날아가고 나서야 간신히 멈췄다.

믿기지 않는다는 듯 아만타가 자신의 입에 손을 댔다.

그리고 그치지 않고 흐르는 피를 확인하고…… 잠시 굳었다.

10초, 20초, 30초.

그제야 상황을 파악하고, 아만타는 굳은 채로 입을 열었다.

"……엥?"

이름: 류토=맥클레인
종족: 휴먼
직업: 마을사람

나이: 12세→15세

레벨: 100→341

HP: 4352/4352→11150/11150

MP: 17890/17890→25680/25680

공격력: 1031→3560

방어력: 998→3540

마력: 3408→6823

회피: 1162→3982

강화 스킬

[신체 능력 강화: 레벨10(MAX)──사용 시: 공격력 · 방어력 · 회피 X2 보정]

[신룡의 가호: 레벨10(MAX)──사용 시: 공격력 · 방어력 · 회피 X1.5 보정]

[강체술: 레벨10(MAX)──사용 시: 공격력 · 방어력 · 회피+150 보정]

[귀문법: 레벨6→10(MAX)──사용 시: 공격력 · 방어력 · 회피 +500 보정]

[용신강림: 레벨0→5──사용 시: 공격력 · 방어력 · 회피+1000 보정]

[투선법력: 레벨0→3──사용 시: 공격력 · 방어력 · 회피X1.5 보정]

공격 스킬

[신 죽이기: 레벨0→3──신에게 대미지를 줄 수 있는 스킬]

방어 스킬

[위강: 레벨2] [정신 내성: 레벨2] [불굴: 레벨10(MAX)]

통상 스킬

[농작물 재배: 레벨15(한계돌파: 여신으로부터의 선물)]

[검술: 레벨4→10(MAX)] [체술: 레벨8→10(MAX)]

[명경지수: 레벨0→10(MAX)] [용맥운용: 레벨0→10(MAX)]

마법 스킬

[마력조작: 레벨10(MAX)] [생활마법: 레벨10(MAX)]
[초보 공격마법: 레벨1(성장한계)] [초보 회복마법: 레벨1(성장한계)]
[선술: 레벨0→5]
직업 스킬
[마을사람의 분노──효과: MP를 모두 소비하여 MP 및 마력의존 대미지(대)]
장비
엑스칼리버──공격력+1200, 회피+300, 신 죽이기 속성부여 3
용왕의 반지──공격력+300, 방어력+300, 회피+300
죄인의 옷──방어력+100, 회피+800

"……뭐야? 피? 피? 내가 피? 저기, 저기? 이거 혈액이지? 혈액이지? 어떻게 된 일일까? 어떻게 된 일일까?"

"어떻게 된 일이기는…… 내가 주먹으로 아무 반응도 하지 못한 너의 앞니를 무참하게 부수고 날려버렸다. 단지 그것뿐이야── 한마디로 너의 힘이 부족했다. 그것뿐이라고."

"……뭐? 재앙인 내가? 힘의 상징인 내가? 힘 있는 종족인 용족 중에서도 최상위 힘을 지니고, 이단으로 여겨진 내가? 힘이 부족해? 있잖아, 있잖아, 오빠? 오빠? 뇌가 숭숭 뚫렸어? 뚫렸어?"

아만타가 그 자리에서 화를 내며 부르르 어깨를 떨었다.

믿을 수 없다는 듯 코델리아는 그저 경악하고 있었다.

그리고 여유로운 표정으로 나는 어쩌라는 얼굴로 사룡을 바라보았다.

"그럼…… 어떻게 할 건데, 용족 중에서도 최상위 힘을 지닌…… 사룡님?"

용 중에서 최상위라고 칭하는 시점에서 이 녀석의 저력은 어느 정도일지 뻔했다.

용들 속에서도 이 녀석은 결국 최강이 아닌 것이다.

즉, 이 녀석은 나의 동료인 호스트 무사──용왕에게도 대적하지 못한다는 뜻이다.

"──후후후? 있잖아, 있잖아, 오빠? 스테이터스가 조금 높은 모양이지만? 그래도 있잖아? 나도── 이런 거 할 수 있거든?"

요염하게 웃으며, 아만타가 창백한 오라에 감싸였다.

"짜자잔☆ 꺄하? 꺄하하? 인간에게는 좀 불가능하겠지? 이건 말이야? 이건 말이야? 스킬: 신룡의 가호라는 거야♪ 1.5배로 스테이터스를 올려주는 용족에만 허락된 스킬이거든? 이거든?"

아만타의 말에 코델리아가 놀라워했다.

"들은 적이 있어……신룡의 가호……스테이터스가 1.5배……."

코델리아가 다급하게 큰소리로 외쳤다.

"아마 이걸로 류토와 사룡의 스테이터스가 다시 나란히……역시 나도 가세할게! 솔직히 이런 영역의 싸움에……내가 참가해도 도움이 안 될지도 모르지만……! 그래도, 역시……오로지 혼자 재앙의 상대를 하다니……그럴 수는 없어!"

아니……나는 코델리아를 손으로 제지했다.

"그러니까 말했잖아? 나는 기본적인 신체 강화 계열 스킬은 쓰지 않았다고?"

말과 동시에 나는 스킬을 발동시켰다.

그러자 나의 몸도 창백한 오라에 감싸였다.

──스킬: 신룡의 가호. 근접전투에 관한 스테이터스를 1.5배로 만드는 스킬이다.

"자…… 이제 나도 스테이터스가 1.5배. 안타깝지만, 이것으로 상쇄됐네. 사룡님?"

아만타가 금붕어처럼 입을 뻐끔거렸다.

반쯤 광란을 일으키며 아만타가 부서진 기계인형처럼 외쳤다.

"뭐, 뭐, 뭐라고? 어째서, 왜? 대체 왜, 대체 왜?"

"으음. 확실히 신룡의 가호란…… 용족에만 부여되는 스킬이었나?"

"그, 그, 그래! 맞아! 어, 어, 어째서, 어째서? 어째서 오빠가 용족의 비술을?"

오른손의 가운데손가락을 아만타에게 보였다.

그곳에는── 용왕의 반지가 끼워져 있었다.

"그건……요, 요, 용왕님의……? 저기, 오빠는 인간이지? 이지?"

"그래, 맞아."

"그런데 왜 용왕님의 반지를?"

"작년, 용의 마을에서 토너먼트 대회에 나갔거든. 거기서 우승하는 바람에 어쩌다보니…… 차기 용왕──38대 용왕으로 내정되었거든."

용왕까지 포함하여 마음껏 즐길 수 있는 축제── 거기서 개최된 진지하게 서로 힘을 겨루는 토너먼트전.

1년 전.

내가 용의 마을에서 졸업하려는 시험으로 참가했던 축제였으나…… 예상 외로 우승해버렸다.

용왕에게는 질 거라고 생각했는데.

아니, 지금은 차치하고, 적어도 1년 전 그 시점에서는 용왕에게 도저히 미치지 못했다.

나 참, 그 호스트 나부랭이도 꽤나 만만치 않은 녀석이다.

아무튼…… 뭐, 그건 그렇고 결국 멋대로 차세대 용왕으로 인정받았으나, 나는 그런 귀찮은 역할은 그냥 거절할 생각이다.

잘게 덜덜 떨면서, 아만타가 그 자리에 주르륵 쓰러졌다.

"말도 안 돼…… 말도 안 되잖아? 그런 건 말도 안 되잖아?"

반대 입장이었다면 나도 그렇게 생각했을 거다.

다만 용족이었다면 나의 반지가 진짜임은 알 터였다.

실제로 아만타의 머릿속은 완전히 패닉 상태였다.

모든 상황이 이상하고, 너무 이질적이었다.

"말도 안 된다고 해도, 뭐…… 그렇게 되고 말았으니 어쩔 수 없잖아."

믿을 수 없다는 듯 다시 아만타가 고개를 좌우로 저었다.

"그래도, 그래도그래도그래도! 믿기지가 않아! 도무지 믿기지가 않아!"

"아니, 뭐, 믿지 않아도 상관없는데……."

그때 갑자기 일어서더니, 아만타가 주먹을 탁 두드렸다.

"그럼…… 오빠는 그걸 쓸 수 있어? 나는 거짓말이라고 생각해!

그 반지도 분명 도난품이나 그런 걸 거야! 하지만 그 스킬은 용왕의 자질이 있는 사람밖에 쓸 수 없으니까!"

의기양양한 얼굴의 아만타.

아무래도 내가 정당한 수순을 밟아 용왕의 반지를 소지하고 있는 것을 도무지 믿고 싶지 않은 모양이다.

나는 잠시 "그거……?" 하고 생각했다.

아아…….

"알아. 당연히 쓸 수 있는데?"

허리를 낮추고 기합을 넣었다.

나의 주위에 옅은 붉은색의 오라가 휘감겼다.

동시에 아만타가 그 자리에 다시 스르륵 주저앉았다.

그것도 그럴 터. 내가 사용한 기술은——.

"신룡강림——공격력 · 방어력 · 회피의 기본 수치에 +1000 보정. 살아 있는 몸에 용신을 몸에 내리는…… 용왕에게만 허락된 스킬. 뭐, MP 소비는 장난 아니지만."

실제로 용왕이라도 이 기술은 중요한 때밖에 사용하지 않는다.

그도 그럴 것이 연비가 최악이다.

다만 뭐, 나의 경우는 MP가 그러니까…….

문득 신경이 쓰여 뒤에 있던 코델리아에게 시선을 보냈다.

——완전히 방치된 느낌을 받은 모양이다. 그저 입을 떡하니 벌리고, 멍한 표정을 짓고 있었다.

눈과 눈이 마주쳤다.

코델리아가 말했다.

"……미안. 진짜 영문을 모르겠어. 잠시 못 본 사이에…… 엄청난 속도로, 용사를 놔두고 갈 법한 말도 안 되는 속도로…… 강해진 것은…… 아니지? 어떻게 된 거야? 진짜 영문을 모르겠네."

응.

두 번째 인생일 때, 나는 널 보며 같은 생각을 했어.

자중하는 것을 모르는 너의 스테이터스 성장에…… 나는 정말 어이가 없었지.

따라서 이것은 서로 마찬가지다.

싱긋 웃은 나를 보며, 코넬리아가 깊은 한숨을 내쉬었다.

그리고 나에게 수줍은 얼굴로 말했다.

"이렇게 물어도 소용없겠지…… 열심히 했구나, 류토. 응. 너는 열심히 했어— 그럼 말이야."

"그럼?"

"어서 사룡은 날려버리고, 같이 마을로 돌아가자. 아주머니가 걱정하고 있거든? 아저씨도 말은 안 하지만 걱정하고 있어. 네가…… 갑자기 마을을 뛰쳐나갔으니까…….""

"갑자기라니, 너 말이야…… 내가 무엇을 위해 이러고 있다고 생각…….""

여기서 나는 말문이 막혔다.

코넬리아가 눈가에 눈물을 담고, 반쯤 울고 있었기 때문이다.

"—너의 노력은 알겠어. 아니, 노력이나 그런 말로는 정리되지 않아……. 네가 무엇을 하려는지도 모르겠어. 하지만…….""

"하지만?"

"네가 무슨 생각으로, 얼마나 노력해서…… 아니, 상상도 하지 못할 노력으로 이렇게 된 건 알아. '네가 위급할 때 내가 달려가서, 반드시 날려줄게'라고…… 어린 시절에 한 약속을…… 그저 솔직하게……."

코델리아의 눈가에서 볼로 한 줄기 눈물이 흘러내렸다.

"고마워, 류토. 구하러 와줘서 고마워…… 정말로…… 고마워."

여러 가지 일이 주마등처럼 지나갔다.

두 번째 인생에서 무력함을 통감했던 일.

따라서 강해지고 싶다고 생각했던 일.

세 번째 인생에 태어나…… 마력 고갈로 엄청난 고통을 참던 일.

아니, 이번 인생은…… 깨어 있는 시간은 거의 모두 효율적으로 강해지는 일에 소비하고, 또 강해지기 위해 모든 것을 희생했다.

고블린, 그리고 드래곤 좀비를 시작으로 나는 갖가지 격전을 치렀다.

죽을 뻔한 적도 몇 번이나 있었다.

그러나 나는 그 모든 것을 극복했다.

무엇을 위해서?

그래, 모두 코델리아의 웃는 얼굴을 지키기 위해서다.

따라서 코델리아의──.

──그저 "고맙다"는 말 한마디에 내가 지금까지 한 모든 일이 보답받았다.

나는 고개를 끄덕이고, 아만타에게 다시 몸을 돌렸다.

그대로 사룡을 노려보며 단언했다.

"즉…… 나머지는 네 놈을 날려버리고 끝내면 된다는 거다."

말을 마치기 전에 아무 준비동작도 없이 아만타가 이쪽으로 도약했다.

기습적으로 날아온 첫 번째 공격.

나는 몸을 슬쩍 비틀어 공격을 피했다.

그로부터 시작된 아만타의 연타.

연타.

연타.

그저 연타.

손톱에서 독액을 날리며, 고딕 롤리타 소녀는 무도회처럼 우아하게 자신의 몸을 물 흐르듯이 움직였다.

그러나 그 모든 공격은 역시 무도회에서 보이는 손발과 마찬가지로, 그저 허공을 갈랐다.

"하품이 나오네."

말과 동시에 답례.

나의 보디 블로가 아만타의 명치를 때렸다.

확실한 타격감과 함께 아만타의 무용이 막을 내렸다.

우아, 또는 아름다움이라는 형태와는 거리가 먼, 위액이 섞인 점액을 흩뿌리며 아만타가 빙그르르 회전하며 날아갔다.

그리고 뒤에 있던 큰 나무에 달라붙듯이 격돌하더니, 그대로 미끄러져 지면에 떨어졌다.

엎드린 자세로 기어가며 아만타가 그 자리에서 괴성을 내기 시작했다.

"큭…… 구웨에에엑……."

그대로 구토하는 사이, 나의 발차기가 깔끔하게 아만타의 머리에 직격했다.

정확히 표현하면, 머리를 공으로 삼은 축구공 차기.

엄청난 기세로 아만타가 날아갔다.

그리고 다시 뒤의 나무에 부딪치고 낙하했다.

그대로 무릎을 꿇은 상태로 아만타가 잘게 떨며, 다시 구토하기 시작했다.

혈액이 섞인 위액을 토해내고, 숨도 끊어질 듯하며, 콧물과 눈물을 흘리면서 기침하는 아만타를 보며, 나는 씁쓸한 표정을 지었다.

——아무리 인간이 아닌 동안 할멈이라고 해도, 외모는 어린 여자앤데 맨손으로 마구 때리는 것은…… 정신건강상 좋지 않다.

그제야 나는 등에 찬 대검을 뽑았다.

"슬슬 끝낼까, 사룡님?"

나의 뒤에서 코델리아가 꿀꺽 침을 삼켰다.

"압도적……이잖아. 재앙으로도 인정되는…… 위험생물을…… 마치 어린애 다루듯이……너…… 정말 엄청난 존재가 되었구나……."

나는 쓴웃음을 지으며 대답했다.

"바보 같은 소리 하지 마. 나는 초보 마법도 제대로 쓰지 못하는 보잘 것 없는 마을사람인데? 뭐, 조금 스테이터스가 이상하지만."

그 말에 죽어가던 아만타에게 활기가 돌아왔다.

그녀가 입꼬리를 씩 올렸다.

"마법은 쓸 수 없어? 차세대 용왕이라고 들어서…… 무엇이든 가능한 올라운더라고 생각했는데…… 과연, 그렇구나── 멍청이였구나!"

아만타가 일어나, 즐겁게 웃었다.

나의 공격으로 얼굴에 찰과상을 입고, 입과 코에서 성대하게 피가 섞인 점액을 흘리고 있다.

그럼에도 그녀는 광기가 어린 아름다운 웃음소리를 자아냈다.

그러더니 고딕 롤리타 옷의 스커트를 양손으로 집어 그대로 들췄다.

"…………?"

필연적으로 하얀 피부가 드러났다.

허벅지, 다리 사이, 그리고 보라색 팬티.

그녀가 한손으로 치마를 들친 채, 팬티를 다른 한손으로 젖혔다.

그 모습에 나는 경악했다.

──팬티 아래.

본래는 그것이 있어야 할 장소에 눈알이 콱 박혀 있었다.

햐쿠메(百目)……라는 일본의 요괴를 떠올렸으나, 아무튼 그녀의 몸에는 1센티미터 정도 크기의 눈알이 쏙 파묻혀 있었다.

그리고 그 눈알 하나하나가 내 쪽으로 시선을 강하게 보내자, 눈빛이 수상한 보라색으로 빛났다.

"마안인가……! 아니, 뭐 그런 민망한 곳에……."

"에헤헤? 에헤헤? 놀랐어? 놀랐어? 이게 나의 진짜 힘이거든? 마안을 동반한 나의 매료 스킬에 버틸 수 있는 남자는 없거든? 없거든?"

젠장……하며 나는 머리를 감쌌다.

그렇게 식은땀을 흘리며, 고통스러운 표정을 지었다.

"어라라? 마법적인 특수 저항이 전혀 없는데……? 저기, 저기, 혹시…… 레지스트(저항) 아이템 없어? 물리 바보인데…… 상태 이상 대책도 안 해?! 바보네, 바보야…… 정말 바보야! 꺄하! 꺄하하————!!! 저기, 저기? 오빠? 오빠? 아까까지의 위세는 어디로 갔어? 어디로 갔어? 에헤헤? 에헤헤? 나 있잖아? 내 마력은 말이야? 근접전투직이면서…… 1500을 넘는다고?"

나는 지면에 웅크리며, 공허한 표정을 지었다.

"멍청한 애에게 이건 조금 힘들지 않을까? 않을까? 잘 들은 모양이네? 모양이네? 그리고, 그리고! 이 마안이야말로…… 내가 강하다고 일컬어지는 이유—— 이 사실을 아는 사람은 별로 없지만…… 매료 스킬을 다룰 때…… 나의 마력은 세 배가 되거든! 되거든!"

"······마력······강화······계······ 스킬······인가. 그건······ 확실히······ 드문······ 일인데."

보통 마술직에 종사하는 사람끼리는 매료나 석화 등 강한 상태이상이 통하지 않는다.

왜냐하면······ 여러 조건이 있지만, 그런 상태이상을 유효하게 걸려면 마력 스테이터스에 상당한 실력 차이가 나야하기 때문이다.

그리고 근접전투직은 보통 상태이상의 먹잇감이다.

맨몸이라면 당연히 상태이상에 잘 걸린다.

설령 저항 아이템을 갖고 있다고 해도, 압도적으로 마력 스테이터스에 차이가 나면 꽤 높은 확률로 상태이상의 먹이가 된다.

그렇기에 모험가는 역할 분담을 정해 사람을 모아 파티를 짠다.

그만큼 머릿속까지 근육인 사람들에게 성직자의 마법 저항이나 상태이상 회복 같은 조력이 필수라는 것이다.

초점이 맞지 않는 공허한 표정으로 그런 생각을 하고 있는데, 아만타가 새침한 얼굴로 말했다.

"──즉, 나의 매료 스킬은 매력 4500이상이라는 엄청난 출력으로 한껏 방출하는 중이거든?! 이것에 저항하려면, 근접전으로는 안 돼, 안 돼, 안 돼, 안 돼☆"

무릎이 꺾인 나.

요염하게 웃는 아만타.

아만타가 신나게 손가락을 딱 튕겼다.

"……자, 강한 오빠…… 나의 하인이 될래? 여러 의미로 귀여워……해 · 줄 · 게! 꺄하하! 꺄하하하! 고문하는 의미로도…… 그리고 물론…… 야한 의미로도…… 귀여워해줄 테니까! 꺄하! 꺄하하하! 내가 상태이상의 전문가일 줄은 몰랐나 봐?! 바보구나? 바보구나?"

알고 있어.

나는 히죽 웃었다.

사실 이제 이 동안 할멈에게 맞춰주는 것도 지쳤다.

"뭐, 장난은 여기까지만 칠까."

나는 아무 일도 없이 일어나, 목을 뚝뚝 꺾었다.

"……어라?"

놀란 표정을 짓는 아만타.

나는 반쯤 웃으며 이렇게 말했다.

"아니, 너에게도 꿈을 보여주고 싶었거든."

"……어? 아까까지…… 휘청거리는 것처럼…… 잠깐…… 어?"

"그래, 연기야, 연기. 처음부터 마지막까지 내가 압도적으로 이겨버리면…… 그것도 좀 그런 느낌이라서."

"……뭐?"

"아니, 너 말이야? 내 뒤에 있는 여자를 오크 놈들의 씨받이로 만들려고 했잖아?"

그제야 상황 인식을 시작한 모양이다.

점점 아만타의 표정에서 핏기가 가셨다.

"…………."

"그러니까 한 번…… 너를 한없이 띄워주고, 거기에서 떨어뜨리는 것도 재미있겠다 싶었거든."

"……즉?"

"나의 MP는 2만 5천을 넘었어. 그리고…… 마력은 7천에 가깝지. 각종 스킬을 포함해도, 나에게 상태이상을 걸 수 있는 녀석은 존재하지 않아. 아니, 그게 가능하다고 해도…… 대처할 수 있어. 그러니 나는 저항 아이템 같은 건 없어."

그 자리에 무릎을 꿇고, 아만타가 머리를 감쌌다.

"어라? 마력…… 7천?"

그리고 아만타는 그 자리에서 표정을 공포와 경악으로 일그러뜨렸다.

"젠장! 젠장! 어째서? 어째서 이런 괴물이 인간 중에 있어? 지금 세대의 용사는 모두 성장하지 않았을 텐데…… 왜? 왜, 왜? 어째서 그래?"

"운이 나빴다고 생각하고 포기해."

아만타는 갑자기 일어서더니, 그 자리에서 옆으로 뛰어 7미터 정도 도약했다.

그러고는 내 뒤의 코델리아에게 시선을 보냈다.

"하지만!! 안 됐네☆ 매료는 하지 못해도, 이쪽 언니라면…… 꺄하하?! 꺄하하?! 나는 여기서 죽겠지만…… 그래도? 그래도? 언니에게…… 한 방 먹일 수는 있는걸? 있는걸?"

아만타가 입을 크게 벌렸다.

그제야 괴물로서의 본성을 발휘했는지, 턱이 빠지고, 뚝뚝 뼈가 변형되어 개구리와 같은 모습이 된 다음—— 그녀가 칙칙한 색의 액체를 토해냈다.

"사룡 아만타의 마지막 심술—— 잘 받아야 해! 받아야 해! 특제 독이니까!"

"상태이상…… 독인가."

"목숨에 지장은 없어! 하지만, 하지만! 피부를 녹이는 거야! 녹이는 거야! 목숨에 지장은 없어도…… 미모에는 지장이 생기겠지!"

과연.

확실히 괴롭히고 싶다면 최악의 부류에 속할 것이다.

나는 할 수 없다는 듯 어깨를 으쓱하며 말했다.

"——릴리스?"

어깨에 닿을 정도의 쇼트커트.

"……잘 알고 있어."

순백의 로브로 몸을 감싼 하늘색 머리카락의 소녀는 나른한 목소리로 나의 말에 대답했다.

릴리스는 코넬리아와 아만타 사이에 서서, 손바닥을 펼쳤다.

신성함을 상징하는 은색에 지룡의 이미지 컬러인 금색이 섞인, 빛의 장벽이 형성되었다.

그러자 아만타가 토해낸 칙칙한 색의 액체가 정화되어갔다.

"——이것은?"

코넬리아의 말에 릴리스가 돌아보지도 않고 대답했다.

"……스킬: 신룡의 수호령. 나의 절대영역에서는 어떤 배드 스테이터스도 무효가 돼."

릴리스의 출현에 아만타는 머리를 감쌌다.

"……나의 상태이상을…… 완전히…… 봉쇄……? 저기, 오빠…… 이게 어떻게 된 일이야?"

분노로 부들부들 몸을 떨며, 아만타가 나를 노려보았다.

"약육강식. 단지 그것뿐이야."

이해가 되지 않는다는 듯 아만타가 고개를 갸웃했다.

"내가 강하고 너는 약해. 단지…… 그것뿐이라고."

"약해……? 내가 약해? 현세에 있으면서 승신한…… 사룡 아만타가?"

"승신……이라. 용족의 긍지를 버리고, 그저 힘만을 추구한 결과…… 상급 사신의 부하가 되어, 대가로 하급 사신이 된 어리석은 자였던가…… 너, 용족 내에서 어지간히 평판이 나빴다고?"

무언가를 포기한 듯이 아만타가 가볍게 고개를 끄덕였다.

그리고 천진난만한 웃음과 광기에 찬 표정을 덧그리며, 들뜬 모습으로 웃으며 이렇게 말했다.

"칭찬하는 말로 알아들을게! 알아들을게! 꺄하하☆"

주머니에서 구슬 모양의 무언가를 꺼냈다.

그리고 머리 위로 들고는———.

"그럼…… 바이바이♪"

이쪽을 향해 윙크.

지금 막 머리 위에 든 손에서 지면을 향해 던지려고 하는 물건.

그것은 아마 초고성능의 연막탄이다.

그 위력을 말하자면, 탐지 스킬 대부분이 일시적으로 먹통이 되고, 주위는 완전히 칠흑으로 감싸이고 만다.

뭐, 왜 내가 알고 있는가 하면── 마계에서 몇 번인가 당한 적이 있기 때문이다.

그 사실은 차치하고, 저 연막탄이 작동할 경우 도주를 허용하고 말 가능성이 높다.

혀를 참과 동시에 내가 나섰다.

"그렇다면──."

몸에 힘을 주었다.

스테이터스에 표기조차 되지 않은 금단의 스킬들.

──비장의 스킬을 포함하여, 필요한 스킬을 모두 발동시켰다.

그대로 나는 아만타에게 돌진했다.

도중에 권총을 쏘았을 때처럼 가볍고, 건조한 소리가 주위에 울려 퍼졌다.

그것은 음속을 넘었을 때 발생하는 충격파의 소리로── 나의 육체가 음속의 벽을 돌파한 신호기도 했다.

그야말로 한 순간.

말 그대로 눈 깜짝할 사이에 나는 아만타의 눈앞에 서서, 연막탄을 든 손을 쥐었다.

아만타가 눈을 크게 뜨고 말했다.

"지금 속도…… 무엇……일까나? 무엇……일까나? 어떤 마술을…… 썼을……까?"

"마술이라니…… 너도 마술을 써서 도망치려고 했잖아?"

손을 억지로 벌려 연막탄을 빼앗았다.

나중에 릴리스에게 주자. 그녀의 호신 아이템으로 꽤 도움이 될 터였다.

아무튼…… 나는 입가를 씩 올리고 말했다.

"깨끗이 인정하지 그래?"

또 이어서 이렇게 말했다.

"──엑스트라는 깔끔하게 퇴장하는 거라고…… 정해져 있는 법이거든."

어느새 여기까지.

아만타는 항복이다……라는 듯, 가볍게 미소를 지으며 어깨를 으쓱했다.

"……이걸로 나도 끝이구나…… 끝이구나……."

라고 말하면서도 소녀의 미소는 변함이 없었다.

"꽤나 여유로운데?"

"다음은 3백 년쯤일까? 오빠는 그때 없겠지? 없겠지? 그럼 그때 다시…… 나약한 용사가 있다면, 그 애와 놀면 되거든, 되거든."

재앙으로 인정된 몬스터는 대부분 그 정체가 사신이나 마신(魔神)이다.

즉, 육체를 없애도 몇 십 년에서 몇 백 년이면 다시 몸을 받아, 새로운 생을 얻는다는 뜻이다.

반불사라고도 할 수 있는 존재이며── 현세에 있으며 승신한다는 말은 그야말로 이것을 가리킨다.

따라서 그들에게…… 육체의 죽음이란 크게 중요하지 않다.

노쇠하여 죽던, 전투로 죽던—— 시간이 경과하면 자신의 전성기 시절의 육체 상태에서 다시 시작할 수 있으니까.

그렇게 여유로운 미소를 짓고 있는 아만타의 표정에 나는 속으로 의기양양하게 웃었다.

기껏해야 이 녀석은 하급 사신이다.

그렇다면 이것을 보면 어떤 표정을 지을지, 눈에 훤했기 때문이다.

나는 칼집에 넣어둔 대검을 뽑았다.

그리고 힘을 불어넣었다.

동시에 은백색 오라가 검신에 감돌았다.

그러자 아만타의 표정이 순간 새파랗게 질리며—— 아니, 새파란 것을 넘어 흙빛으로 변했다.

그녀의 마음에 싹튼 '설마……'하는 염려가 확신으로 달라졌기에 나는 입을 열고 이렇게 말했다.

"다음 따위는 없어. 이건 엑스칼리버…… 멸신의 보구거든."

"……어? 어? 어? 거, 거짓말……? 뭐야, 싫어…… 그거…… 지……지……진짜야?"

"진짜인지 아닌지는 네가 제일 잘 알지 않아? 목숨이 위험해서 식은땀도 멈추질 않잖아?"

"싫어…… 싫어…… 싫어싫어싫어싫어싫어싫어싫어싫어싫어 싫어싫어싫어싫어싫어싫어싫어싫어싫어싫어…… 싫어어어어어 어어어어어어어어어어어어!"

그렇게 아만타는 나에게 등을 보이고 전속력으로 달리기 시작했다.

도망칠 수 없다는 사실은 본인도 알고 있겠지만, 그럼에도 그 외의 선택지는 없었을 것이다.

물리공격으로는 상대가 되지 않는다.

상태이상도 통하지 않는다.

반대 입장이라면 나도 울었을 것이다.

그러나 나로서도 여기서 봐줄 만큼 좋은 사람도, 얼빠진 사람도 아니다.

"네놈은 여기서 끝이다──! 순순히 포기하시지!"

도약하여 아만타의 머리 위를 목표로 대검을 휘둘렀다.

휙 하며 바람을 가르는 소리.

목과 몸이 촤악 나뉘며, 시간을 두고 털썩 하는 소리가 두 번 들렸다.

그제야 나는 크게 숨을 들이마시고, 마음을 놓았다.

그리고 주머니에서 천을 꺼내 검을 닦았다.

뭐, 전설급의 아티팩트니까 지방이나 피로 베는 맛이 약해지거나, 녹스는 일은 없겠지만…… 아무래도 버릇이 들어 하게 된다.

이것은 모두 가장 처음 나의 검술 스승이었던, 옛 기사단장 버나드 씨의 가르침이 좋았기 때문일 것이다.

"……류토…… 너…… 지금…… 퇴신(退神)이나 봉신(封神)이 아니라…… 멸신(滅神)?"

코델리아가 목소리를 떨며 나에게 물었다.

참고로 퇴신이란 보통 육체를 소멸시킨 상태를 가리키고, 이 경우에는 다시 부활한다.

봉신의 경우에는 마법결계를 구축하여, 신의 실체(혼)를 일정한 공간에 가두는 일을 말한다.

이 경우는 몇 천 년 단위로 활동을 정지시키는 것, 즉 부활까지의 시간이 길어지므로 유효성이 높다.

그리고 마지막으로 멸신.

이것은 즉——.

"그래, 신의 혼…… 아스트랄체 자체를 파괴했어. 이제 두 번 다시 부활하지 않아. 저건 사신의 일종이야…… 남겨두어도 좋을 건 없으니까."

"……저……정말로 봉신이 아니라…… 멸신? 뛰어난 용사가 신의 도구를 받아서…… 간신히 해낼 수 있는 위업을…… 겨우 열다섯 살에……?"

"뭐, 그렇게 되나."

"나 참…… 정말 말도 안 되는 일이 벌어진 모양이네."

어처구니가 없다는 듯 말하더니, 코델리아가 릴리스에게 시선을 보냈다.

그러더니 코델리아는 감정을 하듯이 릴리스를 위부터 아래까지 훑어보더니, 다시 나에게 시선을 보냈다.

"그런데 류토? 질문해도 될까?"

코델리아에 이어서, 릴리스도 나를 바라보았다.

"……류토? 나도 질문이 있어."

두 사람의 시선을 받으며, 나는 얼빠진 표정으로 대답했다.

"……응? 질문이라니…… 뭔데?"

"이 여자…… 누구?"

"……소꿉친구인 용사가 여자라고 난 듣지 못했는데."

코델리아는 주먹의 관절을 울리며.

릴리스는 엄지손가락의 손톱을 딱딱 깨물면서.

──두 명의 미소녀가 관자놀이에 핏대를 세우며, 생긋 웃는
얼굴로 그렇게 물었다.

에필로그 ～지상 최강의 마을사람～

그로부터 1년.

──결국.

그 녀석은 그 뒤, 마치 도망치듯이 얼른 떠나갔다.

나에게는 밝힐 수 없는 이유가 있다며…… 아직 더 강해져야 한다는 말이다.

아직 더 강해져야 한다니…… 재앙을……신을 혼자 멸할 수준의 인간이 무슨 말을 하는 것일까…… 솔직히 어처구니가 없었다.

그보다 소녀의 마음을 뭐라고 생각하는 것일까. 뭐, 다음에 만나면, 만나자마자 뺨을 한 대 때려주겠지만.

아니…… 솔직히 그 녀석에게 나는 대체 무엇일까?

서로가 서로를 소중하게 여기는 것은 분명하다.

그리고 나는 그 녀석에게 연심을 품고 있다. 그것도 틀림없다.

하지만 그 녀석은…… 그쪽 방면으로는 나를 어떻게 생각하고 있을까.

휴우…… 하고 한숨을 내쉬었다.

아무튼 그 녀석은 사형이다. 몇 년이나 멋대로 사라지고…… 돌아왔나 싶더니 금세…… 다시 사라졌다. 심지어 여자를 데리고 나타났다가, 여자를 데리고 사라졌다.

──절대 용서하지 않을 테니까.

한 대나 두 대 정도는 뺨을 때려줘야…… 절대 용서하지 않을 테니까.

"류토라니…… 류토=맥클레인 말입니까? 저희는 특수한 직업 적성이 있고…… 그리고 그는 마을사람이고…… 4년 전 고블린 습격 때 사망했을 텐데요?"

아르테나 마법학원 건물의 복도.

나의 옆을 걷고 있는 사람은 다른 소꿉친구인 모제스.

직업은 현자이고, 역시 강력한 직업 적성을 타고 났다.

미래에는 재앙을 비롯한 마물의 토벌 등에 나설 때 그와 팀을 짜기로 결정되어 있다.

나, 모제스, 그리고 류토.

깡촌이라고 해도 좋을 시골에 세 명이나 대단한 사람이 태어나 다니…… 너무 꾸며낸 이야기인 것 같지만, 그 점은 일단 차치하자.

"알고 있어. 사실 그런 건 말도 안 된다는 건 알아. 왕도 조사대의 조사결과가 더 이치에 맞겠지…… 하지만……."

모제스의 말대로, 아만타 사건으로 기사단은 괴멸했다.

그리고 살아남은 사람은 나뿐…… 고블린 때와 마찬가지로, 조사대가 파견되었는데…….

역시 조사대가 내린 결론은 내 용사의 힘이 폭주하였다──는 것이었다.

"확실히 사룡 아만타의 출현 흔적이 있고, 현장의 상황으로 보아 멸신의 가능성도 있습니다. 역시 코델리아 씨의 용사로서의 자질……혼이 폭주했다고 생각하는 것이 최선이 아닐까요."

고블린과 사룡.

두 번에 걸친 폭주와 환각.

덕분에 나에게는 광기의 마희(魔姬) 버서커라는 불명예스러운 별명까지 생겼다.

사실 스스로도 생각했다.

고블린과 아만타의 일이 벌어졌을 때 류토가 어떻게 해결해주었다…… 역시 그것은 환각인가 그런 어떤 것이 아닐까 하고…….

하지만, 하지만―하지만―하지만…… 아아, 정말 영문을 모르겠다.

두통이 가볍게 일기 시작했을 때, 복도에서 보이는 운동장으로부터 환호성이 들렸다.

바라보니, 학원 외부의 학생들이 모여 표적을 향해 마법을 차례로 반복하고 있었다.

"저건 뭐 하는 거야?"

나의 질문에 안경을 집게손가락으로 잡으며 모제스가 대답했다.

"으음…… 저와 코델리아 양은 기사단 소속이지요? 다음 달부터 이곳에서 배우는 것은…… 훈련의 일환으로…… 어디까지 연수라는 이름의 명목입니다."

"그야 뭐, 그렇게 되겠지. 학비는커녕 꽤 많은 액수의 봉급도 받을 테고…… 그런데 우리가 특등생 반이었던가?"

"네, 우수한 학생을 신분을 가리지 않고, 학비도 받지 않으며 국비로 교육하고…… 언젠가 국가에 도움이 될 테니 선행 투자겠군요…… 뭐, 그건 그렇고 이곳은 본래 배움터입니다."

"……그러니까?"

"일부러 학비를 내고 마법을 배우러 오는 사람도 많이 있다고요."

"그렇구나. 신입생 입학시험인가 뭐가 있다는 말이지? 모제스? 잠깐…… 앉을까."

건물 사이의 복도에 설치된 벤치에 앉았다.

의아한 표정으로 모제스 역시 나의 옆에 앉았다.

봄의 따뜻한 바람 속.

나는 운동장에서 표적을 향해 마법을 쏘는 남녀를 바라보았다.

대부분의 사람들은 하급 마법을 다루고 있다. 그리고 때때로 환호성이 일어날 때면 중급 마법이 날아갔다.

나나 모제스의 수준으로 보면, 중급 마법이라고 해도…… 역시 서툴다.

하지만…… 다들 열심이다.

앞으로의 희망과 야망에 눈을 빛내며, 좋은 싫든 똑바른 눈동자.

응. 나쁘지 않아.

"……이걸 보며 어떻게 생각했어? 모제스?"

"흠……."

잠시 운동장에 있는 수험생을 바라보던 모제스가 코웃음을 쳤다.

"어리석군요. 말도 안 됩니다. 애초에 그들은 특수한 직업정성이 아닙니다. 우리처럼 태어나면서부터 선택받은 자와는 달라요…… 아무리 노력을 거듭해도 기껏해야 C랭크 모험가 정도겠지요."

"그런 게 아니라…… 다들 열심히 하고 있잖아."

"열심히 하던, 하지 않던…… 능력, 그리고 결과는 전혀 상관없는 이야기입니다."

"내가 하고 싶은 말은 우리도 그럭저럭 강해졌지만 말이야."

"그런데요?"

"초심을 잊지 않고…… 열심히 하고 싶다거나…… 모제스는 그런 생각 안 해? 같은…… 그런 뜻이었는데."

"잘 모르겠군요. 뭐, 어찌됐든 특수한 직업적성이 없는 사람과 우리는 전혀 다른 인종입니다. 아니, 그것은 생물로서 랭크가 태어나면서부터 다르다고 해도 좋겠지요."

역시 전장에서 이 녀석에게 등 뒤는 맡길 수 없다.

분명 이 녀석은 우수하지만 만약의 일이 벌어졌을 때, 가장 먼저 타산적으로 행동할 타입이다.

뭐, 그건 나중 일이니 차치하고.

"그런가? 타고난 적성은…… 분명 절망적인 차일지도 모르지만, 그래도……."

"그래도……?"

"그것만으로 백 퍼센트 모든 것이 정해질까? 힘든 건 알지만…… 지혜와 노력으로 모든 것을 뒤집는 일은 정말 불가능할까?"

"코델리아 양은…… 이상한 말을 하네요."

"으음. 이상한 말일까? 대륙의 판도를 40퍼센트나 차지하는 시즈제국의 황제폐하도, 20대로 거슬러 올라가면…… 원래는 노예검사였잖아? 그야 직업적성은 검성이었을지도 모르지만…… 노예부터 시작해서 황제까지 올라가다니…… 태어난 처지에 모든 것이 달려 있다는 네 논리로는 보통 무리잖아?"

말도 안 된다는 듯 모제스가 어깨를 으쓱했다.

다시 나는 수험생들에게 시선을 보냈다.

──그때 나는 몸이 굳어버렸다.

그리고 입을 뻐끔뻐끔뻐끔뻐끔뻐끔 금붕어처럼 몇 번이고, 몇 번이고 여닫았다.

내 상태의 변화를 느낀 모제스가 의아한 표정을 지었다.

"왜 그러시죠, 코델리아 양?"

"……이, 이, 이, 이."

"……이?"

"…………있었어."

"있었다니…… 뭐가 말이죠?"

나는 순식간에 일어나, 어느새 운동장으로 달려가고 있었다.

그렇게 돌아보지도 않고 모제스에게 말했다.

"있었어, 저 안에…… 류토=맥클레인이!"

모제스
중

아만다
프릴림니다

로자

뭐?

Caracter Rough

후기

안녕하세요, 시라이시 아라타라고 합니다.

먼저 말씀드리자면, 본 작품은 인터넷 소설입니다. 감사하게도 인기도 무척 많은 모양입니다.

인터넷 독자 여러분에게 정말 감사드립니다.

아시는 분은 아는 표현일 텐데, '소설가가 되자'는 사이트에서 처음 연재를 시작한 지 반년 만에 조회수가 2천 5백만에 달합니다. 10만 포인트입니다. 사분기 1위입니다. 정말 감사합니다.

오히려 작가 스스로 무서울 정도입니다.

장르를 설명하자면, 일명 이세계 환생으로 주인공 최강계입니다.

즉, 일본인이었던 주인공이 불의의 사고로 사망하여, 다시 태어난 곳이 판타지 세계인 내용입니다.

그야 물론 주인공 최강계라고 말할 정도이므로 주인공은 강합니다.

마을사람이지만 최강입니다.

용사도, 마왕도 한 방에 끝입니다. 완벽하게 최강입니다.

악 · 즉 · 휙 하며…… 참!

이것은 그런 이야기입니다.

다만 이러한 작품이 최근에는 너무 많아서, 그것만으로는 인터넷에서 큰 인기를 끌 수 없습니다.

이미 본편을 읽고 후기를 보시는 분이라면 아시겠지만…… 프롤로그에 어느 정도 설정은 넣어두었습니다.

처음에 후기부터 읽는 분도 많으실 겁니다. 그리고 그런 분이 후기를 읽고 있다는 것은 미리 읽어보는 것이 가능한 환경일 것입니다.

부디 프롤로그만이라도 읽어주시기를 바랍니다.

마지막으로 이 자리를 빌려 인사를 드리겠습니다.

일러스트를 담당하신 시라소 파미 님.

최고의 캐릭터 디자인과 표지 감사합니다.

담당 편집자 O님.

무모한 이야기를 들어주셔서 정말 감사합니다.

그리고 인터넷 너머에서 본 작품을 응원해주신 수만 명의 독자 여러분.

덕분에 서적화까지 이루어졌습니다. 정말 감사합니다.

그리고 마지막으로 안내입니다.

서적판 1권의 판매량도 보지 않고, KADOKAWA……라고 할까요, 후지미쇼보의 월간지인 드래곤에이지에서 관대하게도, 갑자기 만화화 기획이 진행 중이라고 합니다.

정말 여러 분들에게 말씀 드립니다.
감사합니다.

Murabitodesuga Nanika? 1
©2016 by Shiraishi Arata
First published in Japan in 2016 by Shiraishi Arata
Korean translation rights reserved by Somy Media, Inc.
Under the license from Micro Magazine Co., Ltd., Tokyo JAPAN

마을사람입니다만, 문제라도? 1

2017년 8월 1일 1판 1쇄 발행
2017년 10월 30일 1판 2쇄 발행

저　　　자 시라이시 아라타
일 러 스 트 시라소 파미
옮 긴 이 이서연
발 행 인 유재옥
본 부 장 조병권
담당편집자 조찬희
편　　　집 권오범 김다솜 김민지 박찬솔 이슬아 정영길 조찬희
라이츠담당 오유진
디 지 털 홍승범
발 행 처 ㈜소미미디어
등　　　록 제2015-000008호
주　　　소 서울시 마포구 토정로222, 403호 (신수동, 한국출판콘텐츠센터)
판　　　매 ㈜소미미디어
마 케 팅 박지혜
전　　　화 편집부 (070)4164-3962, 3963　기획실 (02)567-3388
　　　　　　판매 및 마케팅 (070)4165-6888, Fax (02)322-7665

ISBN 979-11-5710-561-8 04830
ISBN 979-11-5710-560-1 (세트)

소미미디어 라이트 노벨 시리즈

건소드, EXE 1

검신의 계승자 1~6

검은 영웅의 일격무쌍 1~5

격돌의 헥센나하트 1

고교생 마왕의 결단 1

굿 이터 1~2

그 대답은 악보 속에

기계 장치의 블러드하운드

그리하여 불멸의 레그날레 1

나선의 엠페로이더 1

나의 용사 1~2

나이트워치 시리즈 1~3

나와 그녀와 그녀와 그녀 1~2

내 인생에는 심각한 버그가 있다 1

내 천사는 연애 금지! 1~2

냉장고 속에 나타난 그것(?!)이
나의 잠을 방해하고 있다 1

넥스트 헤이븐 1

닌자 슬레이어 1~3

데스 니드 라운드 1~3

대마왕 자마코씨와 전 인류 총 용사

두 번째 인생은 이세계에서 1~3

돌아온 용사 아마기 하루토 1

뒷골목 테아트로

래터럴 ~수평사고 추리의 천사~

랜스&마스크 1~5

록 페이퍼 시저스 1

롬니아 제국 흥망기 1

말캉말캉 츠키타마 1~3

메이드 카페 히로시마 1

메이지 오블리주 1

모노노케 미스터리 1

모브코이

미남고교 지구방위부 LOVE! NOVEL 1

미소녀가 너무 많아 살아갈 수 없어 1~2

바람에 흩날리는 브리건딘 1~3

밤의 공주 1

배리어블 액셀 1

백련의 패왕과 성약의 발키리 1~4

백은의 구세기 1~3

부유학원의 앨리스&셜리 1~2

부전무적의 버진 나이프 1

불교학교에 오신 것을 환영합니다 1

사랑이다 연심이다를 단속하는 나에게
봄이 찾아왔기에 무질서 1

사이코메 1~6

생보형님

선생님, 틀렸어요. 1

성검의 공주와 신맹기사단 1~2

성흑의 용과 화약 의식 1

세븐스 홀의 마녀 1

소환수는 가출 고양이 1

수목장

슬리핑 스트레거 1~3

시스터 서큐버스는 참회하지 않아 1~3

신안의 영웅제독 1~2

수국 피는 계절에 우리는 감응한다

스타더스트 영웅전 1

스트라이프 더 팬저 1

시간의 악마와 세 개의 이야기 1

신탁학원의 초월자 1

아오이와 슈뢰딩거의 그녀들

아카무라사키 아오이코의 분석은 엉망진창 1

아크9 1~2

아키하라바 던전 모험기담 1~3

여기는 토벌 퀘스트 알선 창구 1~2

오컬틱 나인 1~2

요괴청춘백서

용사와 마왕의 배틀은 거실에서 1~3

앨리스 리로디드 1~2

여름의 끝과 리셋 그녀

연애 히어로 1

영겁회귀의 릴리 마테리아 1

용을 죽인 자의 나날 1~5

인피니티 블레이드 1

잿더미의 카디널 레드 1~2

첫사랑 컨티뉴 1

친구부터 부탁합니다

클레이와 핀과 꿈꾸는 편지 1

키스에서 시작되는 발키리 1

7인의 미사키 1

한 바다의 팔라스 아테나 1

현자의 제자를 자칭하는 현자
6

류센 히로츠구 **지음**
후지 초코 **일러스트**
정대식 **옮김**

쇼핑 데이트는 파란으로 가득?!
미라 님, 마리아나와 데이트하다!!

"부르고 싶은 대로 부르면 되잖느냐."

"……혹시, 할아버지?"
자신과 같은 '현자의 제자'를 자칭하는 자가 보낸 편지에 따라 지정한 장소로 향하는 미라. 그곳에서 기다리고 있던 것은 전혀 예상치 못한 뜻밖의 인물이었다. 그런 궁지는 개의치 않고, 미라는 오랜만에 귀가하던 도중, 보좌관인 요정 마리아나와 쇼핑 데이트를 만끽한다. 그리고 드디어 본격적으로 활동을 시작한 '키메라 클로젠'이라는, 요정을 노리는 의문의 집단을 쫓는다. 또한 그런 무도한 조직에 대항하는 '이스즈 연맹'의 총수를 만나기 위해 본거지인 사계의 숲으로 향한 미라에게, 설마 했던 신분 탄로 위기가 닥쳐드는데……?!
노도와도 같은 전개가 가득한 미소녀 전생 판타지 제6권!